ブライト・プリズン

学園を追われた徒花《あだばな》

犬飼のの

JN267154

講談社X文庫

目次

薔《しょう》
高等部三年生。元剣道部のエース。神子であることを隠している。
常盤《ときわ》
正侍従代理。極道の血を引く教団御三家、西王子家の嫡男。
ブライト・プリズン
学園を追われた徒花
BRIGHT PRISON CHARACTER'S
登場人物紹介

剣蘭《けんらん》

高等部三年生。元水泳部のエース。要領がよくマイペース。

椿《つばき》

竜虎隊隊長代理。常盤の従弟。陰神子として生きる優艶な美男。

楓雅《ふうが》

大学部三年の監督生。兄貴肌で、学園のキングと呼ばれている。

紫苑《しおん》

教団本部にいる元陰神子。冷遇され、地下室に囚われている。

杏樹《あんじゅ》

薔に懐いていた元贔屓生。教団本部で働く最年少の神子。

イラストレーション／彩《あや》

ブライト・プリズン

学園を追われた徒花《あだばな》

プロローグ

八月十九日、午後。私立王鱗《おうりん》学園、西方エリア。

東方エリアの降龍殿《こうりゅうでん》に於《お》ける失火事件から、九日が経《た》っていた。

入院中の薔《しょう》は贔屓《ひいき》生専用の病室で、ベッドの背を起こして座っている。

日中はいつも制服姿で勉強机に向かっているが、今日は特別な日だった。

病人らしく病衣を着てベッドに入り、おとなしくしていなければならない。

口はマスクで覆い隠し、左手にはいつも通り常盤《ときわ》のネクタイピンを握っていた。

猫の手の形のまま、移動式テーブルに置いた筆談用のノートを押さえる。

「これから剣蘭《けんらん》と白菊《しらぎく》と茜《あかね》の三人を連れてきます。よろしいですか?」

ベッドの横に立っている椿《つばき》に向かって、薔は黙って頷《うなず》いた。

八月一日付で常盤と共に教団本部に異動になった椿は、十日に起きた失火事件を機に、竜虎《りゅうこ》隊隊長代理として学園に戻ってきていた。

かつて常盤が着ていた物と同じ、胸の飾緒《しょくしょ》が二本、袖《そで》章が四本の黒い隊長服を着て、同色の隊帽を小脇《こわき》に抱え、長く艶《つや》やかな黒髪を下ろしている。

すでに間服《あいふく》の着用が可能な時期に入っているため、夏仕様の半袖隊服ではなかった。軽やかな素材だが、冬物と同じデザインの長袖の隊服だ。

隊長代理になって金装飾が増えた分、元々華やかな美貌《びぼう》が一層際立って見える。

「昨夜もご説明しましたが、薔様の入院理由は、気管や口腔《こうこう》内に火傷《やけど》を負ったためということになっていますから、口裏を合わせて……この場合、口裏と言うのが適切かどうかはわかりかねますが、話を合わせるようにしてください」

薔は再び頷いて、マスクのノーズフィッターを右手で少し調節した。

風邪やインフルエンザが流行《はや》るとマスクの着用を義務づけられることがあるが、今日は感染予防としてではなく、演出のための小道具として着けている。

「薔……！」

椿が一旦《いったん》去ったあと、スライドドアの向こうから茜が飛び込んできた。

名前通りの茜色の髪を、編み込んだり捩《ね》じったりして、相変わらず派手に見せている。

茜は贔屓生の中では背が高い方だが、さらにもっと大きな剣蘭が後ろから現れ、そのあとに小柄な白菊が続いた。さらに続いて、引率する立場の椿が戻ってくる。

「よう、久しぶりだな。一見元気そうだけど、大丈夫なのか？」

問いながら意味深な笑みを浮かべた剣蘭は、ベッドの横に用意されていた椅子《いす》に座る。

一方茜は、胸がいっぱいで何も話せないといった表情で、大きな目を潤ませていた。

薔は剣蘭の問いに頷いたが、「本当に平気なの?」と、白菊からも問われる。

十日の儀式の際に発熱で入院していた白菊は、すっかり元気になったようだった。

椿が隊長代理になったことで、常盤が戻る日も近いと思っているのかもしれない。

もしくは、常盤とは別の意味で心を寄せる竜虎隊第二班班長の柏木《かしわぎ》や、仲のよい剣蘭に慰められた結果だろうか。いずれにしても心身共に落ち着いたように見える。

『平気だ。見舞い、ありがとう』

白菊の問いに筆談で答えた薔は、さりげなく剣蘭の顔や手足に視線を向けた。

常盤とよく似た顔は無傷で、異常は特に見られない。肌は綺麗《きれい》なままだった。

手に包帯などは巻いておらず、足は靴下を穿《は》いているのでよくわからない。

医師から聞いた話によると、剣蘭は火災現場から逃げる際に手足に軽度の火傷を負ったとのことだったが、九日経った今は特に問題なさそうに見えた。

薔はノートにペンを走らせ、『火傷、大丈夫なのか?』と書いて剣蘭に向ける。

「俺のは軽かったから平気。気管の火傷とか痛そうだな」

「ほんと痛そう……薔くんがいなくて淋《さび》しいけど、無理せずゆっくり治してね」

剣蘭と白菊の言葉に、薔は心苦しい思いで俯《うつむ》く。

対外的に火傷を負ったことになっていると知ったのは、昨夜遅くだった。

本当の入院理由が、精神的ショックによる発声障害だと知られると、真似をして儀式を逃れようとする贔屓生が出る可能性があるため、便宜上、外傷にされたらしい。

そのため病院側は薔を他の贔屓生に会わせない方針だったが、茜が見舞いに行きたいと言いだして、他の二人がそれに同調する形で椿に申し出たことで今に至っている。

心を病んで声を失った薔の気持ちが、友人に会うことで少しでも晴れれば……と、椿が病院関係者を説得してくれたのだ。

「薔……本当に大丈夫か？　食事だって思うように摂《と》れないだろうし、つらいだろ？」

薔に一番近い所に座った茜は、手を握りたそうにしながらもこらえていた。

声を震わせ、瞳《ひとみ》の表面には涙の膜を揺らめかせる。

『俺は平気。茜こそ断食中だろ？　大丈夫か？』

薔は速やかにペンを走らせ、ノートを茜に向けた。

その途端、茜はぶわっと泣きだしてしまう。

茜は贔屓生二組なので、儀式は毎月二十日に行われる。今はそのための断食中だ。

贔屓生の中には儀式を愉《たの》しみにしている者や、今年度二人目の神子《みこ》に選ばれたくて仕方ない者もいるが、茜はそういうタイプではなかった。儀式はつらいはずだが、それでも今流している涙は、彼自身のためのものではないことがわかる。

——ごめん……お前は耐えてるのに、俺は狡《ずる》く逃げてて……。

心配してくれている茜の泣き顔や、それを見て半分笑っている剣蘭、そして剣蘭を叱《しか》る白菊の顔を見ていると、薔の胸は罪悪感でかき毟《むし》られる。自分だけ痛みから逃げることが罪深いのはわかっているが、そうしてでも守らなければならないものがあった。

——常盤……。

この世で最も大切な人——彼が守ろうとしてくれたものを、自分も守りたい。一度は投げだそうとしてしまったが、それは間違っていたと気づいたから。狡いことも、情けないことも耐えられる。彼だけの物であるために——。

「皆さん、そろそろ時間です。薔が疲れてしまう前にお暇《いとま》しましょう」

一頻《ひとしき》り筆談を交えて歓談したあと、椿に声をかけられた。

正直もう少しこうしていたい気持ちを抱えながら、薔は友人達を見送る。

常盤のネクタイピンを握り続けていた左手に何度も何度も視線を感じたが、ついぞ誰も訊《き》いてはこなかった。

見てはならないものを見た時の目をして……それは決して触れてはならないものだと、無意識に察しているかのようだった。

1

同日、午後九時。東京都中央区、南条《なんじょう》製薬本社ビル、地下三階。

隅田川《すみだがわ》沿いに緑地を従えて聳《そび》え立つ、地上四十一階、地下六階建てのビルは、大手製薬会社の皮を被《かぶ》った宗教団体――八十一鱗《くくり》教団の本部として機能している。

八十一鱗《くくり》教団は、表向きは子孫繁栄と運気上昇を願う健全な宗教団体で、実際には紫の眼を持つ黒龍《こくりゅう》を崇《あが》めながらも、黄金の龍神を祀《まつ》っているように見せかけていた。

本部は鎌倉《かまくら》にある小さな神社とされているが、それはダミーに過ぎない。

本部所在地は疎《おろ》か教祖の顔も名前も、表に出ているものはすべて偽物だ。

「常盤様《ときわ》」

近代的なビルの地下三階でエレベーターを降りた常盤は、薄暗い廊下の先で待っていた守衛二人に名を呼ばれ、敬礼される。

龍神の目が届かない地下で働く彼らは教団内での地位が低く、身分の高い人間に対して挨拶《あいさつ》の言葉をかけてはならない規則になっていた。

確認の意味で名前を口にすることや、連絡事項があれば声をかけてくることもあるが、気安く「お疲れ様です」「御機嫌よう」などとは言ってこない。

そして目上の者から低い者へも、特に用事がなければ声をかけない決まりだった。

常盤は二人の守衛が立つ鉄格子に向かう。

天井から床まで延びているのは、監獄さながらの鉄格子だ。

中央部分が扉になっていて、すでに施錠が解かれていた。

開けろと命じなくても、守衛の手で格子扉を開けられる。

そこを抜けると、人感センサーが反応して照明の光が強くなった。

明るくなったところで殺風景には違いない廊下を、常盤は独りで進んでいく。

――いつ来ても寒々しいな……。

竜虎《りゅうこ》隊隊長の任を解かれて薔《しょう》と引き離され、正侍従代理という上辺ばかりの昇進をしてから早十九日――漆黒の職服に身を包んだ常盤は、職務としてもプライベートでも、なるべくこのフロアに通うようにしていた。

世間に知られている健全で小さな教団の姿とは異なる、強大な淫祀《いんし》宗教団体、八十一鱗《くくり》教団――その本部ビルの中には、神の愛妾《あいしょう》である神子《みこ》がいる。

彼らは三十九階か三十八階に部屋を与えられて贅沢三昧《ぜいたくざんまい》に暮らしているが、唯一人、元陰神子の紫苑《しおん》だけは、神の目が届かないとされる地下に囚《とら》われていた。

華々しい上階の神子との違いは、神子に選ばれたことを隠していた過去があるかないかという、ただそれだけの差だ。

しかし教団にとっては大きな差であり、龍神への信仰と教祖と神子の権威、何より組織そのものの秩序を守るために、神子の隠匿は最大級の罪とされている。匿《かくま》った者は命を落としかねないほどの重刑に処され、陰神子自身も、龍神に飽きられるその時まで自由を奪われ、冷遇されるのが常だった。

「紫苑様、常盤です。御機嫌は如何《いかが》ですか？」

訪問予定を事前に告げてあったため、声をかけるなりスライドドアが開かれる。

現れた紫苑は、以前とは別人のように生き生きと輝く表情を向けてきた。椿《つばき》と同じくらいの長さの黒髪を……しかし直毛の椿とは対照的に、天然の緩い巻き毛を揺らしながら、照れくさそうに笑う。

「常盤様、今夜も来ていただけるなんて思いませんでした」

「御機嫌よう。お邪魔してもよろしいですか？」

常盤が問いかけると、紫苑は「もちろん大歓迎です」と言うなり長衣の裾《すそ》を翻す。

つい先日まで疲労感を漂わせていた体を軽快に動かして、常盤を部屋に招き入れた。

紫苑の部屋は一間しかないが、広さは二十畳あり、入り口の近くにL字形のソファーが置かれている。

原則として正侍従以外の客が来ることはないので、長辺が二人掛け、短辺が一人掛けの小さなソファーだった。

「今夜の儀式は上の神子が出ると聞いて、お会いできないものとばかり思っていました。守衛から連絡が入るまでは、生ける屍《しかばね》のようにぐったりしていたんですよ」

「せっかくのオフにお邪魔してよいものか迷いましたが、お言葉に甘えて」

「毎日でもお会いしたいと言った私の言葉を、憶えていてくださったんですね」

「もちろんです。紫苑様のお言葉は一言一句忘れずに記憶しています」

「常盤様……そんなに嬉《うれ》しいことを言われると、困ります」

促されるままソファーに足を向けた常盤は、L字形のソファーの上座側に当たる長辺を紫苑に譲り、自分は狭い短辺の方に腰かける。

比較的近い位置に座った紫苑と見つめ合って、微笑《ほほえ》みを交わした。

あえて表情を作らなくても、彼と二人でいると笑みが零《こぼ》れる。

年は三つしか離れていないが、可愛いと思える人だった。

頻繁にここに来ているのに、顔を合わせるたびに不思議な気分になる。

紫苑の顔立ちは西洋的で、顔が小さく目は大きく、どことなく薔に似ていた。

ただし痩《や》せ過ぎているため、お世辞にも健康的とは言えない。青白く見える白い肌と、オリエンタルな黒髪、光の加減で薄紫に見えるアイスブルーの虹彩《こうさい》が印象的だった。

存在自体に憂いを感じるせいか、淋《さび》しげな表情から一転して微笑む瞬間を目にすると、切なさに心を摑《つか》まれ、放っておけない気持ちになる。

「今夜はお顔の色がいいですね、少し安心しました」

「――それは、常盤様が……いえ……はい……そうですね。今夜がお休みだと連休ということになりますので、申し訳ないとは思いつつも解放感を覚えています」

「申し訳ないと思うのは、贔屓《ひいき》生に対してですか？」

常盤の斜め横に座っている紫苑は、胸が閊《つか》えたような表情で、「はい……」と答えた。

「明日は二十日ですから、教団本部では儀式が行われません。そういう日は……贔屓生が苦しんでいる日ということになりますから、本当は喜んではいけないのに、身勝手についつい指折り数えてしまったりして……いけませんね」

そう語る紫苑の顔は、薔薇と似ていながらも翳《かげ》りを帯びている。

それはある種の色香となって、彼の愛らしさに別の魅力を添えていた。

見た目だけではなく、己が悲境にありながらも遠い学園の贔屓生の痛みに思いを馳《は》せる優しさの持ち主だ。

心惹《ひ》かれるのは、最早必然とすら思えてくる。

「それは仕方のないことです。紫苑様には、心と体の休日を待ち侘《わ》びる権利がある。他の誰よりも、貴方《あなた》は喜んでいいんです」

「常盤様……」

常盤は口ばかりの慰めではなく、腹の底から思っている言葉をかけた。

紫苑を取り巻く環境は事前に聞いていた以上に憤りを感じるもので、正侍従代理として彼の世話をするようになってから、常盤は真に憐《あわ》れみを以て彼に接している。

神子という存在が、神の恩恵を受ける貴い者か、単なる男娼《だんしょう》か――それは他人が決めることではなく、神子自身が決めることだ。

捉《とら》え方により、ここは天国にも地獄にもなる。

神子は月に一度は龍神を降ろさなければならず、その義務を放棄した神子は神の怒りを買って死に至る。

そして八十一鱗《くくり》教団には現在、紫苑を含めて十三人の神子がいた。

紫苑は元陰神子という罪人に近い立場であるため、他の神子より多くの儀式を押しつけられる身の上だが、それでも月に十二日間は儀式から逃れることができる。

さらには、新しい神子を選出するための日程も同様だった。

毎月十日と二十日と末日の三日間は、王鱗《おうりん》学園内の降龍殿で贔屓生が儀式に挑むため、休みが予《あらかじ》め確定している。

結果として月に十五日は休める計算になるが、しかし楽にはいかないのが実状だった。

紫苑を除く十二人の神子達は、その日の憑坐《よりまし》を見てから、誰が相手をするかを決める。

現実には教祖の愛人の銀了《ぎんりょう》が頂点にいるとはいえ、本来神子には序列があった。

まずは御三家本家出身の神子が最優先され、他は年功序列で相手を決めていく。

その法則でいくと二十七歳の紫苑の立場は高いはずだが、元陰神子であるため最下位のままで、出番があるのかないのかわからないまま、ほぼ毎日待機させられていた。

呼びだしがかかると速やかに上階に行って禊《みそぎ》を済ませ、相手がどんな男であろうと足を開かなければならない。

若くて見目のよい憑坐は上位の神子に取られてしまうため、最下位の紫苑には、誰もが拒むような憑坐ばかりが回ってくるのだ。

「私は神に永遠の忠誠を誓っていますが、紫苑様に対する教団の対応には理不尽なことが多く、憤懣《ふんまん》遣《や》る方ない思いです。神子である貴方を龍神の目が届かないとされる地下室に閉じ込めるなんて、神への冒瀆《ぼうとく》以外の何ものでもありません」

「常盤様……そんな、勿体《もったい》ないお言葉です」

「無論、本当に届かないとは思っていませんが。紫苑様がどこにいようと、神は天眼通《てんげんつう》を用いて貴方を見守っているはずです。どうか御心を強く持って、ご自分を責めずに心安くお過ごしください」

紫苑は常盤の言葉に感極まった顔をしたが、しかしそれだけでは終わらなかった。

やはり贔屓生のことを考えずにはいられない様子で、首を何度か横に振る。

「本当に……ありがとうございます。でも私は、こうなった今でも贔屓生の頃のつらさを忘れてはいません。ですからやはり……毎月十日と二十日と末日を、楽しみにしてしまう自分が嫌です。あの頃は……今と比べたら手慣れている隊員の方々に抱かれて、肉体的な負担は軽かったように思いますが、その反面、心は今以上に苦しくて……」

抑揚をつけずに絞りだされた言葉は、常盤にとって意外なものだった。

他の神子が嫌がるような醜い憑坐や老人の相手をさせられたり、儀式そのものの回数が一人だけ多かったりと、今の紫苑は不公平で過酷な目に遭っている。

贔屓生として月に一度、若くて見目のよい竜虎隊員に抱かれていた頃の方が、今よりは格段に楽に思えてならなかった。

「常盤様が驚いていらっしゃる理由は、よくわかります。でも……本当のことなんです。教団本部に来てから時間だけはありましたから、私なりに自分の心を分析してみました。贔屓生の頃よりも今の方が……心だけは楽だと思える理由は、二つあります」

「──二つ、ですか？　一つは推測できますが、もう一つはわかりません」

常盤が思うままに放った言葉に対し、紫苑はどことなく嬉しそうな表情を見せた。はにかみながらも、「一つはわかってくださるんですか？」と訊《き》いてきて、思いついたことを是非聞かせてほしいという眼差しを送ってくる。

「貴方にとって思いだしたくないことかもしれません」

いっそのこと、何も思いつかない振りをしていた方がよかったのだろうか──常盤は、知ったような発言をしてしまったことを悔やむ。

苦しい思いをした人間は、それをわかってほしい気持ちと、他人にわかるはずがないという気持ちの両方を抱えているものだ。

同じ苦労を知らない人間に如何にも知ったような顔をされることは、あまり気分のよいものではないかもしれない。

「過去のことは気にしていません。ここに連れてこられてから何年も経《た》ちましたし、今はもう、思いだしても冷静に考えられるようになりました」

遠慮なく言ってくださいと暗に求められた常盤は、手を伸ばせば届く位置にある紫苑の膝《ひざ》に視線を落とし、腹を決めて再び顔を見合わせる。

踏み込まれることを紫苑自身が望むなら、そのまま無遠慮に踏み込んで、過去の痛みを少しでも取り去りたいと思った。

「贔屓生だった頃、貴方は一人の竜虎隊員に想いを寄せていた。しかし彼が貴方の憑坐になったのは、十二回目の儀式の時でした。好きな相手が近くにいる状況で、十一回も他の隊員に抱かれなければならなかったことは、さぞや苦痛だったことと思います」

常盤の言葉に紫苑は頷き、嬉しそうにも悲しそうにも見える笑みを浮かべた。

体のラインを隠す長衣を着ていてもわかってしまう、肩の薄さが痛々しい。

「常盤様……私の過去のことでお心を砕いていただき、ありがとうございます。お察しの通り、恋を知らないままだったらもう少し楽だった気がします。運に恵まれない自分を、酷《ひど》く呪《のろ》ったこともありました。神子は運がいいなんて話、まったく信じられなくて」

紫苑は暗い顔をしたり、晴れ晴れとした顔をしてみせたり、明らかに自分の意思で今の表情を選んでいた。本当はまだ完全に吹っ切れてはいないが、終わったことに見せたくて仕方ないのだとわかる。

「挙げ句の果てにその儀式で……最後の最後、ようやく好きな人に抱かれて幸せの絶頂を迎えた瞬間、私は神子になってしまいました。クラスメイトだった銀了がすでにその年の神子に選ばれていましたから、油断していて……まさか自分が神子に選ばれるなんて頭の片隅にもありませんでした。本当に、無縁のことだと思っていたのに」

「紫苑様……」

ソファーのシートに置かれていた手が、薄い肩と共に微《かす》かに震えていた。

その手に触れずにはいられなかった常盤は、右手を重ねて指と甲を覆う。

紫苑は恥ずかしそうに目を逸《そ》らしながらも、掌《てのひら》を返して指を絡めてきた。

監視カメラの死角を意識しつつ、秘密の恋人同士のように手を繋《つな》ぎ合う。

恋をすることで儀式のつらさが増すのなら、勘違いさせてはいけない――それくらいのことは常盤も重々わかっていた。

夏場でも寒々しい地下室に囚われている淋しい人が、自分に想いを寄せてくる可能性について考えないわけではない。

しかしどうして、この人に手を差し伸べずにいられるだろうか。

予防線として睦《むつ》まじい恋人がいることを最初から告げ、噂《うわさ》通り椿を自分の恋人として会話の端々に出してはいるものの、紫苑の許に通うことはやめられなかった。

紫苑を慰めるのは職務の一つだが、同時に自分の意思であり、そして紫苑を気にかけていた薔の優しさに応えたい気持ちの表れでもある。

何よりこの人には、望めば毎日でも会うことができるのだ。

この部屋でじっと……来訪を期待されているのがわかっていて、顔を見せずに床《とこ》に就《つ》くことなどできなかった。

「今はもう、彼のことを忘れましたか？」

「はい、思っていたより早く忘れることができました。綺麗《きれい》な終わり方ではなかったし、何より時間が解決してくれました」

「それは何よりです」

紫苑の言葉は強がりではなく、本心のように思えた。

残っているのは痛みそのものであり、男に対する恋心ではないのだろう。

時が紫苑の傷をある程度まで癒《い》やしてくれたことに、常盤は密かに感謝した。

王鱗学園にいた頃の紫苑を常盤は知らないが、資料によると彼は文武両道の監督生で、正義感の強い真面目《まじめ》な生徒だったらしい。

生徒会で長らく一緒だったという椿からも、聡明《そうめい》な先輩だったと聞いている。

高等部三年になると紫苑は贔屓生に選ばれ、そして神の寵愛《ちょうあい》を受けて神子になった。

龍神の愛妾として男娼紛いの行為をさせられるとはいえ、祝福されて栄誉を称えられるはずだった紫苑の人生を狂わせたのは、彼の想い人の竜虎隊員だ。

男は紫苑に陰神子になるよう進言し、紫苑は彼のためにそれを受け入れた。

紫苑の恋人になった隊員が、どういう意図で紫苑を誑《たぶら》かしたのかはわからない。

愛していたから神子として教団本部に渡したくなかったのか、それとも神子を独占することで格別な幸福を得ようとしたのか——男の動機を知る術《すべ》はないが、きっかけがどうであれ結末は最悪だった。

贔屓生ではなくなり大学部に上がった紫苑は、一年ほど秘めた恋に身を窶《やつ》すが、教祖の愛人になった銀了が降ろした御神託によって、陰神子であることを暴かれてしまう。

押収された手紙などのやり取りから、隊員が紫苑を唆《そそのか》していたことも、紫苑が陰神子という立場に悩み苦しんでいたことも明らかになったが、しかし男は罪を認めず、「裏切れば天罰が下ると紫苑に脅され、仕方なく匿った」と証言した。

その後、見せしめとして全竜虎隊員の前で重刑に処されている。

元陰神子という不名誉な立場で教団本部に連れてこられた紫苑もまた、神子として本来受けられるはずのあらゆる権利を奪われ、さながら罪人のように扱われた。

さらに最悪なことに、手首を切って自殺を図ったため、それ以来、寝室や浴室まで監視カメラを通して見張られ、ますます窮屈な思いをする破目になってしまった。

「好きだと思っていた人に背を向けられた途端、それまできらきら輝いていたものが急に色褪《あ》せてしまうことって……わりとよくあるんでしょうか？」

「あると思いますよ。私も経験があります」

「常盤様に背を向ける方がいるんですか？」

「はい、残念ながら」

「信じられません。その方、きっと相当な変わり者ですね」

椿のことを考えながら答えた常盤は、予想を上回る反応に苦笑した。

薔に背を向けられても冷めるものなど微塵《みじん》もなかったが、椿を振り向かせられなかったことで、心の奥が急速に冷めたのは事実だ。

「恋をしていたわけではなく、誰もが羨《うらや》む美人に慕われている自分に価値を見いだし、その心地好さに酔っていただけでした。大して好かれていなかったと気づいた途端、何もかも色褪せてしまいました。自信を喪失しないための自衛策かもしれません」

「——本当の恋は、違いますか？」

「まったく違います。背を向けられても追いたくなるし、たとえ冷たくされてもこちらは勝手に燃え上がる。大切なその人にとってプラスになる人間すら排除したくなるくらい、余裕がなくて、独占欲でいっぱいで……茨《いばら》の道を歩いているように苦しいのに、そのくせどこか愉《たの》しくて、酷くみっともないマゾヒストになります」

「恋の奴隷……みたいな感じですね？」

「はい、その言葉は言い得て妙かと」

常盤が再び苦笑すると、紫苑は絡めた指先に力を籠《こ》めてきた。

その手に視線を向けて、耳や首まで赤く染める。

普段が青白いだけに、あからさまな変化だった。

「私にも、わかるような気がします。最近わかったんです。つらくなるからといって……やめたりできない。コントロールなんて無理で、叶《かな》わないと思い知ることばかりなのに、それでもやめられないものなんですね」

恋心を寄せられるようなことは、あってはならない——そう思ってきた常盤にとって、決定的な言葉は避けたいものだった。

その胸に小傷をつけてでも、大きな傷を残すことを避けるべく椿の名を出してきたが、それでも抑えきれないというのなら、それはもうどうにもならない。

最後は会わないようにするだけだ。

どのみち近いうちに、自分は学園に戻ることになるだろう。

一日も早く戻りたいし、戻らないわけにはいかない。

「紫苑様、もう一つの理由を聞かせてください。贔屓生の頃よりも今の方が、心の面ではいくらか楽だと思える理由はなんですか？」

「……はい」

常盤がスッと手を引き告白めいた言葉を流したため、紫苑は少し傷ついた顔をした。俯《うつむ》いたままでも、表情の変化は見て取れる。

「今の私は、ご存じの通り信者達の相手をしています。もちろん本意ではありませんが、彼らは皆……神子を抱いて運気を高めることや、御神託を賜ることに喜びを感じて、私に感謝の言葉を向けてくれるんです。でも、贔屓生の時は違いました。心ない竜虎隊員は、抱き終えたあとにハズレだと言って……忌々《いまいま》しげに舌打ちを……」

薔と似た顔立ちの紫苑から思いがけないことを聞かされ、常盤は驚愕《きょうがく》に息を呑《の》む。

竜虎隊への入隊には家柄と容姿のよさが必須《ひっす》になるが、心根はさほど重視されない。学生時代に大きな問題を起こさず、入隊試験の際に無難な言動を取りさえすれば、筆記試験と健康診断、体力測定など、通常の試験を受けることができる。

教団内で有力な家に生まれ、見た目と声がよく、面接をパスする機転と、学力と体力があれば——たとえ性根がどうであれ贔屓生を監督する立場になれるのだ。

「それは、あまりにも許し難い話ですね」

常盤は紫苑の顔をまっすぐに見据えながら、かつて自分が口にした言葉を思いだす。

薔を初めて抱いた時、怒りに任せてわざと痛みを与えた挙げ句に、「こんなに気乗りしないセックスは初めてだ」と、そう言ってしまった。

贔屓生になったことで学園から強要される儀式が、それまで何も知らなかった十八歳の少年にとってどんなにつらいことか、頭ではわかっていたはずなのに、本当に酷いことを言った。

行為自体も惨《むご》いもので、どれだけ謝っても許されないことだと思っている。

薔は、「俺を抱く時は愉しんでくれ、つまらなそうな顔だけはしないでくれ」という、許しに等しい約束を求めてくれたが、その言葉の裏にある心の傷を思うと、愚かな自分に対する怒りと悔恨で胸が張り裂けそうだった。

「紫苑様、贔屓生だった貴方に失礼なことをした者の名を教えてください。私は竜虎隊を去りましたが、歴代隊長は西王子《さいおうじ》家の人間です。その管理下にある者が貴方を傷つけたと知った以上、黙ってはいられません」

「あ、いえ……そんな、告げ口をするつもりではありませんでした。忘れてください」

常盤は本気で隊員を罰する気でいたが、返ってきたのは想像以上の困り顔だった。

紫苑は体の前で両手を忙《せわ》しなく振り、「本当に大丈夫です」と大きめの声を出す。

「も、もう気にしてませんし……隊員は皆、自分が抱いた贔屓生を神子にして手柄を立てたいものですから、仕方ないことだと思います。それに昔のことですし」

「しかしあまりに酷い話です」

「ごめんなさい、誰もがそんな調子だったように聞こえましたか？　実際には優しい方がほとんどでした。ただ、悪い印象の方が強く残ってしまっているだけなんです。そういうことってありませんか？　いいことがあっても、打ち消されてしまうような」

制裁行為をやめさせようと、紫苑は身を乗りだして語りかけてきた。

彼が贔屓生だった頃に憑坐を務めた隊員達――恋人になった男以外の十一人の名を突き止めたい衝動に駆られていた常盤は、紫苑の必死な目を見て心を落ち着ける。

彼を今以上に苦しめたいわけではないのだ。

制裁を促す意図があっての会話ではなかったのに、このように自分が食いついて行動を起こせば、紫苑に発言を後悔させ、今後の言動に制約を与えることになってしまう。

「それは……確かにそうですね。たった一つの悲憤に、十の喜びを蝕《むしば》まれてしまうことは間々あります。負の力は強いですから」

「はい、そうなんです。それだけのことなので、今のはどうか忘れてください」

「わかりました。そう仰《おっしゃ》るなら忘れるよう努めましょう。紫苑様もどうか私と一緒に嫌なことは忘れてください。貴方に害をなす者のことは消し去って、心が温まるような、よいことだけを――」

「はい……そうします。よいことだけを、考えて過ごします」

紫苑は再び手を握りたい様子を見せ、訴えかけるような目で見つめてくる。

しかし常盤の体に触れるような真似はしなかった。

自分から何かを求めることで、嫌われて去られるのを恐れているのがわかる。

「あの……ごめんなさい、お茶も出さずに失礼しました。よろしかったら今夜はお酒でも如何ですか？　二日続けて休みですし、少し飲みたい気分なんです」

「紫苑様……」

酒を勧められたのは初めてのことで、常盤は断り方に迷う。

そうしている間に、紫苑はソファーから立ち上がろうとした。

行き先はキッチンの横にある冷蔵庫か、酒の入っているキャビネットだろう。

キッチンとは言っても湯を沸かす程度のことしかできない小規模な物で、ステンレスの冷たそうな天板の上に電気湯沸かし器が置かれていた。

「申し訳ありません。このあとに約束がありますので、ご遠慮させていただきます」

少し遅れて断ると、キャビネットに向かおうとしていた紫苑の背中が反応する。

足を止めた彼は、おもむろに振り返った。

顔が強張《こわば》ってはいたが、辛うじて笑顔に分類できる表情を見せる。

「……もしかして、椿さんとの約束ですか？」

事実その通りだったので、常盤は「はい」と返した。

もしも事実ではなかったとしても、そう答えたかもしれない。

始祖の血と教団の性質故に美形の多い八十一鱗《くくり》教団の中でも、他を圧倒する美貌《びぼう》を持つ椿を前にして、我こそはと挑むような人間はそうそういない。

椿に出会う前の常盤は、他人から寄せられる恋情により散々な目に遭ってきたが、椿を恋人として立てるようになってから、大抵の恋情は撥《は》ね退けられるようになった。

そのうえ椿は神の庇護《ひご》下にある陰神子で、その事実がこれまで発覚していないことから考えて、神から格別に愛されているのは間違いなかった。もし万が一他の神子から嫉妬《しっと》を受けて憎まれても、運気が著しく下がる心配はなく、命の危険もない。

過去に陰神子だと疑われたことがあるため、椿自身にとっても、御三家の嫡男の恋人という立場は有用だった。本格的に疑われればなんの意味もないが、根拠なく言いがかりをつけられることはなくなるからだ。

「そう……ですか、そうですよね……お酒のにおいをさせて恋人に会ったりしたら、妙な疑いをかけられてしまいますよね。ごめんなさい、考えなしでした」

「いいえ、どうかお気になさらず。そのくらいで疑われることはありませんが……椿から禁酒しろ禁煙しろといつも言われていまして」

「そう……でしたか……」

「まるで口うるさい嫁のような男なんです。お差し支えなければ珈琲《コーヒー》をいただきます」

常盤はソファーから立ち上がると、振り返った姿勢のまま固まっている紫苑に近づく。酒を断ったからといってすぐに帰る気ではない――と強調したせいか、彼はほっとした表情を見せた。

しかしその一方で、今にも涙を零しそうな目で見つめてくる。

「私が淹《い》れますから、座っていてください。紫苑様は何をお飲みになりますか?」

「ありがとうございます。では、常盤様が淹れてくださった珈琲を……」

「はい、少々お待ちください」

常盤は紫苑に微笑みかけてから、小さなキッチンに向かった。

終始背中に視線を感じたが、気づいていない振りを続ける。

紫苑はソファーに戻らず、所在なく背後に立っていた。

しばらくすると距離を詰め、手許を覗《のぞ》き込んでくる。

「常盤様は西王子家の御曹司でいらっしゃるのに、お茶の支度でも着付けでも、なんでも手際がいいですよね。そういうの、素敵です」

「恐れ入ります。ドリップ珈琲を淹れるくらいで褒められては恐縮しますね。今度は豆を挽《ひ》くところからお任せください」

「はい、是非お願いします。でも……今でも十分手慣れていらっしゃるのがわかります。ご両親の躾《しつけ》が厳しかったんですか?」

「いいえ、そういう意味では甘い環境で育ちました。厨房《ちゅうぼう》に近づくことは許されず、水を飲むにも人を使えと言われて。私が変わったのは弟が生まれてからです。弟の世話をするうちに、自分のことも進んでやるようになりました」

一杯ずつ包装されたドリップタイプの珈琲を淹れた常盤は、紙コップをトレイに移す。

紫苑は龍神の愛妾として神子に選ばれたというのに、この部屋には洒落《しゃれ》た珈琲カップもグラスもない。使い捨ての紙コップが、専用ホルダーに何十個もセットされていた。

自殺防止のために包丁も鋏《はさみ》も置いていないキッチンには、耐久性の低い木製スプーンやフォーク、紙製の食器が置かれている。

「常盤様が年の離れた弟さんを可愛がっていたという話は、噂に聞いたことがあります。やはり似ていらっしゃるんですか?」

「いいえ、似ていません。異母兄弟で……弟は母親似のようです。恐れながらどことなく紫苑様に似ていて、とても純粋で真面目で、綺麗な瞳の持ち主です」

トレイに載せた紙コップをテーブルまで運んだ常盤は、紫苑が言葉に詰まったことに気づいていた。

「紫苑様といると、弟のことを思いだします」

「……っ」

「お世話をさせていただきたい気持ちになるんです」

残酷だと承知のうえで、より残酷なことにならないよう付け加える。

紫苑は泣きだしそうな目をしていたが、口元だけは笑っていた。

「――それは……光栄ですね」

珈琲の香りの中で、小さな声で呟《つぶや》かれた。

空気が重くなるのを感じながら、常盤は黙って紙コップに口をつける。

紫苑は両手を温めるようにコップを手にしたまま、微動だにしなかった。

会いたいと求められれば応えたくなり、自分自身としても放っておけない人だったが、紫苑と距離を保つのは難しい。

常盤は薔の心の強さを信じているが、一見薔に似ているところのある紫苑の心の強度は計りきれず、どこまで優しくしてよいのか、どれくらい距離を置くべきなのか、試し試し接していた。

「いつか、状況が許す時がありましたら……晩酌に付き合ってください。常盤様と楽しくお酒を飲めたらいいなって、毎晩のように夢見ているんです」

「――はい」

そんな小さな夢ではなく、「いつかどこかに連れていって」と言ってほしかった。

紫苑は二十七歳。おそらくあと一年ほどで龍神の寵を失い、正式には『御褥《おしとね》すべり』と呼ばれる形で神子を引退できる。

一年後の自由を夢見て、引退したら何がしたい、どこに行きたいと、そう言ってくれたなら、自分の立場で許される限りのことはしたかった。

薔が見たがっていた水平線を、この人にも見せてあげたい。

薔が乗りたがっていた船や飛行機に、この人も乗せてあげたい。

あと五年足らずで薔は学園を卒業する。その時、二人が友人になったら——と、そんなことまで考えてしまった。

「お聞き及びだと思いますが、私は以前とても愚かな真似をして、そのせいで硝子瓶《ガラスびん》に入った飲み物などは許されない状態が続いていました。でも今はもう、それほど厳しくはなくなったんです。美味しいお酒を取り寄せることもできるんですよ」

「そうでしたか。たくさんあるとは思っていましたが、美しいボトルの物ばかりなので、教団への奉納品をコレクションされているのかと思っていました」

「はい……飾るのがメインで、でも、毎晩ほんの少し飲むのを日課に……」

「それは存じませんでした。憶えておきます」

「お好きな銘柄があったら教えてください」

紫苑はキャビネットの方を向き、常盤もその視線を追う。

彼の言う通りで、自殺を図って七年以上が経ち、精神状態が安定しているため、以前は厳禁とされていた硝子やクリスタルの瓶に入った酒類の持ち込みが解禁されていた。

「――ッ」

何の気なく中段の棚に目を留めた常盤は、不意に強い違和感を覚える。

所狭しと並んでいるボトルの中央。そこに置かれたブランデーとウイスキーの水位が、極端に低くなっていた。もうほとんど残っていない。

――昨日も今日も、誰も来てないはずだ……独りであんなに飲んだのか？

記憶が確かなら、どちらも一昨日の夜の段階では未開封だったはずだ。

好きな銘柄なので記憶に残っている。間違いない。

昨日は特に目を向けなかったが、二日でこの減り方は尋常ではなかった。

本当に、毎晩ほんの少しだけですか――そう問いたくなった常盤は、容易には問えないほど体の芯《しん》が冷えていくのを感じた。

紙コップの中の熱い珈琲を注ぎ込んでみても、その冷えは治まらない。

酒の好みを訊かれていたが、それについて答える気になれなかった。

「――紫苑様……お酒は、強い方ですか？」

常盤はこれまで気づかなかったことを悔やみながら、紫苑に向かって問いかける。

彼は目を合わせることなく、「常盤様は強そうですね」と、はぐらかして笑った。

午後十一時に紫苑の部屋を出た常盤は、幹部専用エレベーターに乗り込む。

ビルは地下六階から四十一階まであり、三十五階が西王子家のフロアになっていた。

この階に常時住んでいる人間は一人もいないが、教団本部で式典や会議などが開かれる際には、一族の重鎮のための仮宿や控え室として使われる。

常盤の部屋はフロアの奥に元々用意されており、正侍従代理としてビル内で働く今は、暫定的に三十五階に住んでいた。

できることなら自宅マンションから通いたかったが、それは許されなかった。

表向きは昇進とはいえ、今回の人事異動は教祖が常盤の行状に疑いを持っている証拠に他ならない。目の届く場所に縛りつけるのは当然だった。

エレベーターは高速で上がり、教団員でなければ足を踏み入れられない九階から先へ、さらに上昇していく。

フロアには厳しい区分があった。

二十五階よりも上に行けるのは、次侍従以上の教団幹部に相当する者か、その補佐官や秘書、成年の親族。或《ある》いは御三家の人間と、特別に許可を得た者だけだ。

「お帰りなさいませ。つい先程、椿様が到着されました」

三十五階でエレベーターを降りた常盤は、エントランスで十二人の男達に迎えられる。

西王子家の次侍従を始めとして、黒服の補佐官らが二手に分かれて整然と並んでいた。

足元の径《みち》には玉砂利が敷かれており、小川を模した水が音を立てて流れている。

和の趣で整えられ、装飾には西王子一族が好む竹がふんだんに使われていた。

最も目立つのは正面にある龍の像と、それを守護する虎《とら》の絵の大屛風《おおびょうぶ》だ。

上階のフロアの造りは、ホテルのロビーとフロント、さらには客室階を一緒くたにしたような物で、常盤の部屋はエントランスロビーの先の廊下の奥にあった。

「予定よりお早い到着でしたが、仰せの通り常盤様のお部屋にお通ししました」

交代制で常駐している四人と共に、出迎えのために集まった八人が頭を下げる。

叔父の於呂島《おろしま》はいなかったが、代わりに次侍従の最年長者が一歩前に進みでた。

椿は常盤の最愛の恋人――と認識しているせいか、彼は微笑を浮かべている。

西王子家は教団を守護する役目を持ち、広域暴力団組織である虎咆会《こほうかい》と密接な繋がりがあるため、笑みを美徳とはしていない。

しかし時と場合によっては笑うこともあり、彼は今がその時だと思ったのだろう。

上機嫌であるはずの状況に反し、何一つ面白いことなどないと思っていた常盤と目を合わせた瞬間、彼は慌てて笑みを引っ込めた。

「お前達はもう休め。姫を見送る必要はないからな」

次侍従の反応を見て、まずいと感じた常盤は、あえて口角を持ち上げる。

意味深な言い方をすることで、ずらりと並んだ男達の緊張を解いた。

すると透かさず、「椿様はお泊まりのご予定ですか?」と確認される。

「当然だろう」

常盤は竹の装飾が施された通路を抜けて、右手で軽く人払いをした。

普段は部屋の前まで最低一人はついて来るが、邪魔するなと言いたげに振り払う。

常盤が椿と睦まじい振りをするのは、椿のためでもあるが、何より薔のためだった。

常盤には椿という美しい恋人がいる——敵味方を問わず、あらゆる人間にそう思わせておくことで、薔を抱いているのが自分だという事実から目を逸らせる。

薔が陰神子であることを隠蔽《いんぺい》するために、必要な偽りだった。

そして今は、紫苑に余計な恋情を抱かせないための予防線としても有効だ。

「お帰りなさいませ」

自室の玄関を開けると同時に、椿がリビングから出てくる。

無駄に広い廊下を歩きながら、天女を彷彿《ほうふつ》とさせる美貌で微笑んだ。

立てば芍薬《しゃくやく》、座れば牡丹《ぼたん》、歩く姿は百合の花——そんな言葉を思いだす。

学園内にある椿の親衛隊の名は白椿会という名だが、白い椿の花に限らず、絢爛《けんらん》豪華な花々に譬《たと》えるのが相応《ふさわ》しい、人間離れした美しさだ。

生まれながらに花を背負って生きるこの麗人が西王子家の人間だと知った瞬間、自分の手柄でもないのに誇らしく自慢したい気持ちになったのを、今でもよく憶えている。

「紫苑様の所に行っていらしたそうですね、お疲れ様でした」

「お前の方こそ疲れただろう。俺はビルの中を行き来するだけだが」

「恐れ入ります。学園からここまでは距離がありますが、私の場合は車に乗っているだけですから特に問題ありません。それに今夜は早めに出ることができました」

椿はそう言って、常盤が着ている正侍従服の上着を受け取ろうとする。

彼自身は私服姿だった。

二時間ほど前までは竜虎隊の隊長服を着ていたはずだが、今は絹の白いシャツと細身の黒いパンツ姿で、髪を下ろしている。

比べるつもりはなかったが、紫苑と比較すると肌の色艶《いろつや》が格段に上だった。

それが年齢差によるものではなくアルコールの影響だと考えると、背筋が寒くなる。

「――ッ、ウ……」

上着を脱いで椿に渡そうとした常盤は、肋骨《ろっこつ》の痛みに微かに呻《うめ》く。

虎咆会専属医師の雨堂青一《うどうせいいち》の指示通り、厚めの胸部用サポーターを胸に巻いているが、両手を大きく開く動作をすると痛みが走った。

咳《せき》をしそうになるが、それを許すとさらに痛みが増すのがわかっているので、どうにかこらえて細い呼吸を繰り返す。

「大丈夫ですか？　まだ完治していないんですね？」

「……いや、ほとんど治ってる」

「無理をなさらないでください」

苦しい息をつく中で、常盤は椿に背中を摩《さす》られる。

優しげな手つきだった。「用心してくださいね」と、さらに念を押される。

常盤は一歩踏みだすことを忘れて、爪先《つまさき》をリビングに向けたまま立ち尽くした。

まっすぐに向けられる椿の目を見つめる。

いつまでも子供のように無垢《むく》な白眼と、吸い込まれそうな黒瞳《こくどう》──極めて美しい目が、煙《けぶ》る漆黒の睫毛《まつげ》にくっきりと彩られていた。

「常盤様……？」

もしも椿が陰神子だと発覚すれば、行き着く先は紫苑と同じだ。

常盤にとって何よりも守りたいのは薔だが、しかし万が一のことを考えた場合……薔と椿では、落ちた場合の末路がまったく違うという認識が頭にある。

薔は戸籍上は西王子家の次男だが、実際には南条家の三男で、教祖の息子だ。

──薔が陰神子だと発覚したところで、贔屓生の今なら正式な手順を踏んだ神子として華々しく本部に迎えられるだろう。大学に上がってから発覚し、元陰神子として扱うしかなかったとしても、紫苑様のように冷遇されることはない。

常盤にとっては薔が自分以外の男に抱かれるというだけで論外で、如何《いか》なる条件下でも耐え難いが――それでももしもの時には、『教祖の息子』という、薔が持っている絶対的なアドバンテージが役に立つ。

可能ならばこの世から消してしまいたいその事実に、縋《すが》る日が来るとは思いたくない。しかし皮肉にもそれは、これから何が起ころうとも薔を最悪の状況には貶《おとし》めない保険になっていた。

薔の出自に頼る以前に、いざという時は薔を攫《さら》って逃げるという手段もあるが、もしも成功したとしても、それでは教団を滅ぼすことができない。

犠牲になる者が今後も増えていくだけで、常盤にとっても薔にとっても不本意な結末になるのは目に見えていた。

破壊すべき教団も学園も、守るべき西王子家も、すべてを捨てて無責任に逃げるのは、本当に最後の最後の選択肢――選んでいいはずのない、敗者の選択だった。

「常盤様……押し黙って怖い顔をなさって、どうかしましたか？」

またしても心配そうに問われた常盤は、目の前にいる椿のことを再び考える。

紫苑の今が椿の未来ではないことを祈りながら、長い髪の先を一撫《ひとな》でした。

「お前は、滅多に酒を飲まないいんだったたな」

射干玉《ぬばたま》の黒髪は指に心地好く、するりと滑る。

常盤の突然の言動に、椿は困惑した表情を見せた。

触られた髪を確かめるように視線を胸元に向け、わずかに首を傾《かし》げる。

「お酒……ですか？　はい、そうですね……お付き合い程度には飲みますし、特に嫌いというわけではありませんが、進んで飲むことはほとんどありません」

「そうだったな。菓子作りでストレス解消して、好物の甘い物を摂り過ぎたら運動して。お前は意外にも健全なタイプだった」

「意外と言われるのはいささか心外ですが、その通りです。ご質問の意図がまったく読めませんが、何かありましたか？」

「いや、お前は健康的でいいなと思っただけだ」

「はい……何事も体が資本ですから。常盤様もお酒はほどほどにしてくださいね。煙草を控えてからお顔の色が以前よりよくなりましたし、やはり体は正直です」

飲酒について問われた椿は初めこそ訝《いぶか》しんでいたが、最後にはくすっと笑う。

こんなにも健康的で美しい椿が、紫苑のように苦しみ、孤独な酒に溺《おぼ》れるようなことがあっていいはずがない。

必ず守らなければならないと、強く思った。

恋人という意味で自分の物ではないが、同じ一族の人間として、これから先も目の届く所に置いておきたい存在だ。

ストレスが溜《た》まったら菓子を作って人に振る舞い、世界中の名菓を取り寄せて愉しみ、食べ過ぎてはジムで汗を流して体型も体調も整える——超然とした美貌に似合わず、案外慎ましく真っ当に生きている椿の姿を、これからも見守っていたい。

「もしかして、紫苑様はお酒を嗜《たしな》まれる方なんですか?」

「——そのようだな。晩酌に誘われた」

「お付き合いしなかったんですね」

「薔が入院している時に、酒なんて飲んでいられないだろう?」

「はい、そうですね。大変な時ではありますが、常盤様が真面目に過ごされているようで安心しました」

「酒を飲んだら不真面目なのか? 子供じゃあるまいし、その考え方はおかしいだろう」

「一般論のように思っていましたが、認識が間違っていましたか?」

「いや、おそらく正しい」

「どっちなんですか……」

紫苑の酒量については触れずに、常盤はリビングに向かって歩きだした。

空間の先には、映画のスクリーンのように継ぎ目のない大きな窓があり、その先にある無限の大空間を否応なく見せつけてくる。

三十五階から見える夜景は見事だが、目にするたびに紫苑の部屋と比べてしまった。

本来ならば御三家の占有フロアよりもさらに上の階で、誰からも大切にされて然《しか》るべき神子が、何故あんな窮屈な部屋に閉じ込められて燻《くすぶ》っていなければならないのか。

恋人に裏切られ、月の半分は他の神子が嫌がるような憑坐に抱かれて、楽しみなど何もなく、独り淋しく酒を呷《あお》って生きている。

紫苑が犯した罪は知っているが、それを罪とするのは教団独自のルールに他ならない。

恋人に抱かれたと同時に神に愛され、その事実を隠したからといって、本来なら人間に責められる謂《いわ》れはないのだ。

現状に納得することなど、到底できなかった。

「開口一番、『薔の様子は？』と、お訊《たず》ねになるかと思っていました」

「――薔の様子は？」

薔がお前に見せる姿は、最早なんの参考にもならない――そう言いたいのを呑み込んだ常盤の問いに、椿はわずかに眉根《まゆね》を寄せる。

「本日午後に、剣蘭《けんらん》と白菊《しらぎく》と茜《あかね》を連れてお見舞いに行きました。落ち着いていましたし、友人と会って楽しそうには見えましたが、未だに一言も話しません。左手には相変わらず常盤様のタイピンと思われる物を握り締めたままです。それはとても異様に見えるので、帰り道に剣蘭達からあれは何かと訊かれました」

「なんと答えたんだ？」

「わかりませんと答えるしかありませんでした。いったい何を握っているのか……本人に訊きたくても訊けない雰囲気だと感じたようです。ただ、茜が少し気になることを言っていました」

常盤はシャツの胸元を開きながら、リビングのソファーに座る。

声には出さずに、「何を言ってたんだ？」と目線で問うと、「彼は贔屓生になる前は美術部に所属していて、観察力に優れているようなのですが」と前置きされた。

「茜は薔様が握っている物ではなく、手指そのものをよく見ていたようです。少しばかり緩まった時に見えた拳《こぶし》の中が、手垢《てあか》一つないほど綺麗だと言っていました。それと、拳を握ったままでも切れるはずの左手の親指の爪は伸ばしたままになっているのに、わずかに見えた他の指……人差し指と中指の爪は、右手の爪と同じ長さに整えてあったそうです。親指以外は切らなければ掌に食い込んで痛いからだと思いますが」

「細かい所をよく見てるんだな」

「はい、本当に。ご存じかと思いますが、学園内では爪を伸ばすことが禁じられていて、竜生童子《りゅうせいどうじ》は皆、子供の頃から小《こ》まめに爪を整える習慣が身についています。茜の言う通りだとすると、薔様は人目のない場所と時間を選んで手を開いて洗浄し、習慣に従って爪を整えながらも、目につく親指の爪だけはあえて放置していることになります」

「つまり、茜は薔が病気の振りをしていると疑ってるのか？」

「いいえ、そういうわけではないと思います。そうだとしたら、私達の前で薔様が不利に

なるようなことは言わないかと。そもそも茜は、薔様が心理的な要因で喋《しゃべ》れなくなったことを知りませんので。おそらくですが……拳を不自然に握り続けている件で薔様のメンタルを心配した剣蘭と白菊を安心させるために、その行為は病的なほど深刻なものではないと、強調したかったのではないでしょうか」

椿の推測が正しいと思った常盤は、目の前に立っている彼に頷きを返す。

茜のことは、薔の友人として相応しいと感じていた。悪気がないのもわかる。

しかし今回の発言に関して言えば、余計なことをしてくれたと思わざるを得ない。

薔は寝る時も離さずネクタイピンを握っているそうだが、病的に拳をまったく開けなくなったわけではなく、自分の意思で開くこともできるのだということを、茜のせいで人に知られてしまった。

「薔様は、演技をしているのでしょうか？」

「さあ、十日にほんの一瞬会っただけの俺には判断できない。何度も会ってるお前はどう思うんだ？」

常盤は薔の精神力を信じ、病んではいないと考えているが、薔が椿に対しても本心を見せないなら、その状況を崩さず保つ気でいた。

椿自身がどう判断しようとそれは椿の自由だが、自分から薔の努力を無駄にするようなことはしたくない。

「薔様を見ているだけでは、私にはよくわかりません。ただ、貴方を見ているとなんだかわかるような気がします」

「――俺を？」

「薔様のこととなると貴方の方が壊れそうになるのに、今回の件では、それほど心配していらっしゃるようには見えませんから。薔様の心の強さを、誰よりも信じていらっしゃるのでしょう？」

　ふっと笑った椿を前に、常盤は表情を変えなかった。

　こんなふうに無反応でいたり平静を装う演技はそう難しくないが、慌てふためいたり、胸が潰《つぶ》れそうなほど心配しているように見せるのは難しく……薔のことを信じる気持ちがそのまま態度に出ていたことを自覚する。

「ここにいる俺は、弟を神子にして一族を繁栄させ、次期教祖の座を狙《ねら》う狂信的信者だ。常々演技をしているのは俺であって、薔のことは会ってみなければわからない。儀式から逃れるために病んだ振りをしているだけだと信じたいが……薔は自分の心の強さを誇りに思うタイプの人間だ。心を病んだ振りなど、耐えられないようにも思う」

　常盤はソファーの前に立つ椿の顔を見上げながら、目を逸らさずに気持ちを伝える。

　椿に対しても馬脚を露《あらわ》さない薔の意思を、そのまま崩さず保つのが目的ではあったが、口にした言葉は嘘《うそ》ばかりでもなかった。

蕾の強さを信じていても、自分の中に不安や揺らぎはある。

もしも本当に心を病んで口が利《き》けなくなっていたら——その可能性について考えては、蕾を信じようと思い留《とど》まり、自分の心を立て直す。

図らずも蕾の偽装工作を証明してしまった茜の発言を余計なことだと思う反面、やはり病的なものではなかったか……と、安心を得たのも事実だった。

「生意気なことを言って申し訳ありません。会いたくても会えなくて心配な中で、蕾様の無事を信じようと努めていらっしゃるのに、無神経でした。許してください」

「気にするな。俺の態度から判断したとはいえ、実際に蕾に会ってるお前が疑いを持ったなら、それはよい兆候だと思える。もちろん他の人間にまで疑いを持たれてはまずいが、本当に病んでいるよりは遥《はる》かにましだ」

「はい……」

椿は殊勝な顔で会釈程度に頭を下げ、上げると同時に表情を切り替えた。

「常盤様、私の方からは、明晩行われる贔屓生二組の降龍の儀の段取りについて少々確認させていただきたいことがあるのですが、その前に御用はありますか?」

「——風呂《ふろ》の支度を頼む。俺が先に入る」

早く浴衣《ゆかた》に着替えたかった常盤は、至極ストレートに希望を口にした。

椿がどう反応するかについて特に考えてはいなかったものの、顔色の変化を捉えるなり次の反応に注目してしまう。思えば、こんなやり取りをするのは久しぶりだった。

「お風呂の支度はともかく、『先に』と仰る意味がよくわかりません」

「今夜は泊まっていけ」

「このフロアのどこかに、という意味ですか？」

「いや、俺の部屋に泊まれという意味だ」

椿が淡々と訊いてくるので、常盤も同じ調子で返す。

すると視線を外され、「寝室は一つ、ベッドも一つしかありません」と、抗議するように眉を顰《ひそ》められた。

「こんな時間にお前を呼びつけておいて、さっさと帰したり別の部屋に泊めたりしたら、怪しまれるだろう？　竜虎隊前隊長である俺が、隊長代理のお前を初儀式の前夜に呼びつけたのは、引き継ぎ確認を口実とした『お愉しみ』でなければならない」

「貴方と同じベッドで、おとなしく眠れと仰るのですか？」

「お前がおとなしくできずに襲いかかってきても、俺は何もしない。明後日の晩、満月の下で本物の『お愉しみ』を控えているお前に、いまさら手を出す気なんてないからな」

意図せず嫌みたっぷりに言ってしまい、常盤は自分の発言に苛立《いらだ》つ。

陰神子の椿は、月に一度龍神を密かに降ろす必要があり、陰降ろしと呼ばれる難易度の高い降ろし方を続けていた。

原則として一晩に一度しか降ろせない龍神を強引にもう一度降ろす方法で、神子が余程感じて媚態《びたい》を晒《さら》さなければ実現できないと言われている。

「常盤様、貴方は思い違いをしていらっしゃいます。私にとって降龍は苦痛なものでしかなく、それは通常の降龍でも陰降ろしでも同じことです。満月の晩を愉しみだと思ったことなんて……これまで一度だってありません」

椿は毅然《きぜん》とした態度で言い放つと、謝罪を求める顔つきで睨《にら》み下ろしてきた。

しかし常盤には謝る気など微塵《みじん》もない。

愉しみという言い方が、延命と隠蔽のための陰降ろしに挑む椿の気持ちとして適切ではなかったとしても――惚《ほ》れた男が相手でなければ難しいと言われる陰降ろしを、椿が毎月成し遂げているのは事実だ。

「愉しまずに陰降ろしが成立するのか？」

「……しますよ。私の相手をしてくれる大学生は、そういうことがとても上手《うま》いんです。素晴らしくいい体をしていますから」

正面切って喧嘩《けんか》を売られた常盤は、楓雅《ふうが》の姿を思い浮かべながら慎重に呼吸する。

徐々に興奮していくせいか、胸が圧迫されて肋骨が軋《きし》んだ。

「お前は誰でもいいんだったな、そのことを忘れていた」

「貴方に抱かれても成立しましたからね」

男として愚弄《ぐろう》されながらも、常盤の胸には椿に対しての怒りよりも、自分自身に対する怒りの方が色濃く残る。

椿を脅迫して抱いていた叔父の蘇芳《すほう》は、最も御利益があると噂される陰降ろしを望み、何年もの間、深夜に椿を呼びだしては陰降ろしを試みた。ところが一度として陰降ろしは成立せず、諦《あきら》めた蘇芳は龍神を降ろさない形で運気を得ることに切り替えた。

御利益が低い分、神子と交わる回数を増やすことで運気を上げようとしたのだ。

即ち誰が相手でも陰降ろしができるわけではなく、椿と自分の間に、行き交うものがあったのは確かだった。

別れると決めて自らの選択で放棄したはずのそれを、惜しむような真似は男として甚だ見苦しく、迂闊《うかつ》な自分自身に腹が立つ。

「すみません、言葉が過ぎました」

「いや、言い過ぎたのは俺の方だ。悪かった」

誰でもいいという発言は、蘇芳に苦しめられてきた椿に対して決して向けてはならない発言であり、常盤はそれに関しては謝罪する。

「何か誤解があるようなので……正直にはっきりと言います。私は満月の晩を愉しみだと思ったことはありませんが、貴方に抱かれるのは愉しみでした。陰降ろしのためだということを忘れて、ただ純粋に、貴方との時間を愉しんでいたんです」

「姫……」

「その腕の中はとても居心地がよくて、幸せになれる場所でした」

私だけの物ではなかったけれど——そう付け足すような目で見つめられ、常盤は今すぐ椿を学園に帰したくなる。

こんな台詞《せりふ》を切なげな顔で語りかけられると、女郎蜘蛛《じょろうぐも》の巣にかかった羽虫のように身動きが取れなくなった。

甘美で淫《みだ》らな過去を、思いだしたくなくても思いだす。

椿に対する現行の同情と執着を、擦り切れた虚栄の恋と綯《な》い交ぜにしたくはないのに、見えない糸に囚われて……愛欲の渦に引きずり込まれてしまいそうだった。


夜景から光が失《う》せ、代わりに空が白み始めていく頃——常盤はリビングで目を覚ます。

椿の色香に中《あ》てられたせいか、艶っぽい夢を見た記憶があった。

ただし、相手は椿ではなく薔だ。

口でしてみたいと好奇心いっぱいな顔で言われて、夢だというのに断ってしまった。

そのせいでまた拗《す》ねられたが、その様がたまらなく可愛くて、夢の中の自分は、やはり断って正解だったと満足していた。

嫌だと言われたらさせてみたくなるのに、したいと言われると焦《じ》らしたくなる意地悪な思考が夢の中でも健在で、やけにリアリティのある夢だった。

後ろから摑んだ薔の腰の感触まで、両手に生々しく残っている。

――実際に抱けるのは、おそらく読経《どっきょう》コンクールの日……あと八日か。

常盤は惜しみながらも夢を終わらせ、現実に起きた昨夜の出来事を思い返す。

遠慮する椿を強引に寝室に押し込んで、自分はソファーで眠ったのだ。

おかげで寝返りが思うように打てず、折った肋骨の痛みが酷い。

「お目覚めですか？」

背後から声がして、ぎくりとする。

ソファーの背凭《せもた》れの向こうから、椿が身を乗りだしていた。

どうやら寝顔を見られていたらしい。思い起こせば、気配が近くにあった気がした。

「おはようございます」

「……ああ、おはよう」

椿は艶々と輝く長い黒髪を一つに纏《まと》め、エプロン姿で優しげに微笑みかけてくる。

キッチンからは味噌《みそ》汁の匂《にお》いが漂うのに、椿の美貌だけは現実離れしていた。

ふと自分の体を見ると、かけていたタオルケットが一枚増えている。

「御体が万全ではないのに、狭い所で寝て大丈夫でしたか？」

「問題ない。寝相はいい方だ」

「それはわかっていますが、あまり無茶をして心配させないでください。私は始業までに学園に戻らなければなりませんので、そろそろ失礼します。シーツを取り換えてベッドを整えておきましたから、寝室に移られては如何ですか?」

耳に心地好い声が降り注ぎ、常盤は半覚醒《かくせい》の頭で過去と未来を思う。

こんな目覚めはかつて何度もあり、椿と一緒に、彼が作った朝食を口にした。

「お気が向かれましたら朝食を召し上がってください。お好きな物を作りましたから」

「ああ……ありがとう」

過去の光景を思い返した常盤は、より深い記憶を見つめる。

椿と織り成した日々は魅力的なものだったが、もっと昔に戻って、幼い薔と当たり前に一緒に暮らしていた頃を思った。望むのは、その延長線上にある未来だ。

恋人であり弟でもある薔と、毎日必ず顔を合わせる。

眠る薔を起こし、薔の好きな物を食卓に並べ、喜ばせたい。

上手くても下手でもいいから、時々は自分のために何か作ってほしい。

休みの日は特にゆっくり朝食を摂り、その日の予定を二人で気ままに考えたい。

自分には西王子家と虎咆会を守る使命があるが、今でも休暇は大事にしていて、薔が戻ってきたら今以上に人生を愉しむための時間を得たいと思っている。

休みの日、薔は自由に服を選び、好きな乗り物に乗って、行きたい場所に行くだろう。触れたい時に触れて、話したい時に話せる日々。ただそれだけのことなのに、あと五年近くも耐えなければ叶わない……細《ささ》やかなようで大きな夢だ。漫然と待っているだけでは叶わず、追い求めたところで、叶えられるかわからない夢――。

「……では行って参ります」

「ああ、気をつけて」

常盤はソファーから起き上がって椿を見送り、間もなく動きだす街に視線を落とす。

こんな高い所で、裾の長い職服を纏ってしずしずと暮らすのはうんざりだった。

これから学園に向かい、馬に跨《また》がり風を切れる椿のことが、心底羨ましくなる。

2

八月二十五日、午後八時四十五分。教団本部ビル四十一階。

降龍《こうりゅう》の儀のために呼びだされた紫苑《しおん》は、常盤《ときわ》と共に仄暗《ほのぐら》い廊下を進む。

常盤は正侍従の礼服に身を包み、冠に似た礼帽を被《かぶ》っていた。

彼の広い背中を見ながら、紫苑は禊《みそぎ》前の黒い和服姿で歩く。

真っ先に立ち寄るのは神子《みこ》の控えの間で、そこで禊を済ませなければならない。

贔屓《ひいき》生が受ける儀式とは順序が異なり、教団本部では禊のあとに祈禱《きとう》が行われる。

他にも数多くの違いがあるが、顕著なものとして、神子には断食の期間がなかった。

贔屓生の場合は儀式の際に抵抗する者が稀《まれ》に出るため、二日間食事を抜いて体力を低下させておく必要がある。

対して神子はすでに観念した立場であるうえに、男を抱き慣れていない憑坐《よりまし》との交合を成立させなければならず、むしろ気力と体力を必要としていた。同時に、いつ誰に出番が回るかわからないため、断食は不可能という事情も絡んでいる。

「禊が終わるまでこちらでお待ちしております。何かありましたらお呼びください」

「はい……」

紫苑は和室で着物と足袋《たび》を常盤に預け、白い長襦袢《ながじゅばん》姿で脱衣所に向かう。

控えの間には和室が二間あり、そこから脱衣所を挟んで浴室に続いていた。

独りになって長襦袢を脱いだ紫苑は、禊としての入浴を終えた時のことを考える。

浴室の扉には小ぶりの鐸鈴《たくれい》が取りつけられているため、開け閉めをすると、和室にいる常盤に入浴の開始と終了を知られることになる。

もちろん知らせるべきことではあるが、正侍従服の上着を脱いだ常盤が、自分の世話をするために脱衣所に入ってくる姿を思うと……たちまち顔が熱くなった。

彼はいつも通り、大きな綿布で体についた水分を拭《ぬぐ》ってくれるだろう。

くすぐったい所も恥ずかしい所も全部、器用な手つきで拭《ふ》いてくれる。

儀式のことを考えると気鬱《きうつ》になるのに、禊のあとは体中を常盤に触れてもらえる時間でもあるから、その時だけは嬉《うれ》しくて——。

今夜も泡沫《うたかた》の悦《よろこ》びを味わえる。

その瞬間を想像すると、心の闇《やみ》に希望の光が射した。

儀式を肯定したくはないが、浮き足立つ気持ちは止められない。

——布越しでもいい……常盤様に触れてもらえるなら……。

酒浸りで食が進まず、痩《や》せ細ってあまり美しい体ではないけれど、それでも抱きしめてほしかった。それが叶《かな》わないなら今のまま、仕事の一環としてでも触れてほしい。

脱衣所に入ってくる時、常盤は上着を脱いでシャツの釦《ぼたん》を二つばかり外しているので、屈んだ時に襟足や鎖骨、胸元までちらりと見えることがあった。

シャツの下に何か、厚いサポーターか幅の広い包帯のような物を巻いているのが見えたため、「お怪我《けが》ですか？」と訊《き》いたら、彼は上目遣いで苦笑した。

そしてたまらなく艶《つや》っぽい視線を送ってきて、低く響く甘い声で、「もうすぐ治るので大丈夫です。誰にも内緒ですよ」と言いながら、唇に人差し指を当てた。

——常盤様……。

小さな秘密なのか大きな秘密なのかはわからないが、内緒と言われ、甚《いた》くときめいた。その瞬間、常盤に信頼されていると感じることができたからだ。

二人だけの時間は空気まで芳しく濃密に感じられて……常盤が教団本部に来てからまだ一月も経《た》っていないのが嘘《うそ》のようだった。

時間の密度が、それまでとはまったく違っている。モノクロームの世界に何万もの色をつけたかのように、すべてが色鮮やかに記憶に刻まれていた。

——遅くとも春までで……この幸せは終わる。もしかしたら、もっと早く……。

いずれ別れることを想像すると、常盤に尽くされる今の悦びと、彼の物になれないまま別れたあとの苦しみが交差する。

しかしそれは考えたところでどうにもならないことで、今を大事にするしかないのだ。

紫苑は鐸鈴を鳴らしながら扉を開け、禊のために浴室に足を踏み入れる。

和の趣の石床が敷き詰められ、足裏ばかりがひやりとした。

まずは熱い湯を撒《ま》こうとして、檜《ひのき》の浴槽に近づいていく。

──なんだろう、このにおい……甘い香りがする。

鼻を擽《くすぐ》る芳香に違和感を覚えた紫苑は、桶《おけ》を手にするのを一旦《いったん》やめた。

いつもは檜の香りがする浴室内に、何故か混ざっている甘い香り──それが葡萄《ぶどう》に似た香りだと気づいたのは、浴槽を覗《のぞ》き込む直前だった。

「──っ……ひ……！」

何の気なく目にした湯の色に、紫苑は掠《かす》れた悲鳴を上げる。

無意識に身を引く間に、全身の皮膚が凄《すさ》まじい勢いで粟立《あわだ》った。

無色のはずの湯が、真っ赤に染まっている。まるで血を混ぜたような色だ。

こんな光景を以前にも見たことがあった。左手首を深く切り、生温かい湯に浸して……

迫りくる死の足音を黙って聴いていた時だった。

「うわあぁ──っ!!」

頭の奥に隠していた抽斗《ひきだし》を、強引に引っ張りだされて暴かれる。

二度と思いだしたくなかった感情が、赤い記憶と共に蘇《よみがえ》った。

竜虎《りゅうこ》隊の隊服を着た恋人の姿まで、くっきりと見えてくる。

「嫌……っ、嫌だ……ぁ……あぁ……！」

学園を追われ、友人を失い、親を悲しませて……知らない場所で見知らぬ人々に詰《なじ》られながら、それでも唯一人、彼だけは変わらないと信じていた。

あの人だけは味方で、自分も彼を庇《かば》う。それが当然だと思っていた。

愛していると、あんなにも繰り返してくれた人。全部嘘だなんて信じたくない。

「紫苑様！」

鐸鈴が鳴り、常盤が浴室に駆け込んでくる。

隊服を着た恋人の幻を、より大きな体で真っ二つに裂いてくれた。

その刹那、思いだしたくないものは瞬《また》く間に霧散する。

残ったのは、正真正銘の現実だ。

ああ……今という現実はなんて素晴らしいのだろう。

彼は神の妾《めかけ》ではなく、神の代理人たる教祖になるために生まれてきたような人——神の愛を受け、特別丁寧に作られた美しい人が、自分に向かってくる。いつの間にか頽《くずお》れていた体を抱き起こし、心配そうな顔で見つめながら、何度も何度も名前を呼んでくれる。

「紫苑様……いったい何が……！」

常盤は裸の紫苑を抱えたまま、身を伸ばして湯船の中を覗き込んだ。

中に手を入れて赤い湯を掬《すく》い、においを確かめる。

あんなに真っ赤に見えた湯も、その手から零《こぼ》れると淡いピンク色でしかなかった。

常盤が着ているシャツの袖《そで》が濡《ぬ》れて染みになったが、やはり薄ぼんやりとしている。

「紫苑様、大丈夫です、安心してください。おそらくワイン入りの入浴剤だと思います。危険な物ではありません」

彼がそう言うなら、間違いなくそうなのだろうと思った。

恐れることは何もない。毒にも薬にもならないような物だ。

誰の悪戯《いたずら》か察しはつくが、彼らは肉体的に危害を加えたりはしてこない。

紫苑は平常心を取り戻すために自分に言い聞かせ、常盤の腕の中で静かに呼吸した。

浴室に満ちた空気は葡萄に似た香りで、不快なものではない。大丈夫、なんでもない、大丈夫、何よりここには常盤様がいる――執拗《しつよう》なほど脳内を駆け巡る自分の声と一緒に、湯船の栓を外す音が聞こえてくる。

「悪質な嫌がらせの証拠を突きつけたところで、やった人間は悪怯《わるび》れることなく、むしろ善意だと言い張るでしょう。腹立たしいですがどうにかできる相手でもありませんので、このまま湯を抜きます。よろしいですね？」

常盤の言葉に、紫苑は黙って頷《うなず》いた。

気づけば彼に抱かれながら、顔を入り口の方に向けられている。

浴槽は見えず、もちろん湯の色も見えなかった。血のにおいがするわけでもなく、甘い香りの中で常盤に抱きしめられ、湯が抜ける音を聞いているだけの状態だ。

「常盤様……常盤様……っ」

「大丈夫、何も怖くありません。私がついていています」

中腰の常盤に抱かれていた紫苑は、そのままひょいと体を浮かされる。

まるで子供になった気分だった。自分が大人だということを忘れそうなほど軽々と抱き上げられ、そのうえ浴槽を振り返れないよう、後頭部を押さえながら運びだされる。

「お怪我がなくて何よりでした。驚いて転倒したら事ですから」

神子は滅多に怪我をしないことを、彼は知っているだろう。

それでも案じてくれたことに感謝して、紫苑は「はい」とだけ返した。

もっと何か言わなくてはと思っても、胸がいっぱいで言葉が出てこない。

そうしているうちに脱衣所のスツールの上に下ろされた紫苑は、綿布で体を包まれた。

片膝《かたひざ》をついた常盤に、よしよしとあやす手つきで頭を撫《な》でられる。

年が三つしか違わないにもかかわらず、頼りない子供のような扱いだ。

けれど嫌なことなど何もない。大切にされているという事実が、ただただ嬉しかった。

「……常盤様、すみません……取り乱したりして」

「悪いのは私です。お迎えにいく前は異常なかったのですが……申し訳ありません、私がもう一度確認してからお通しするべきでした」

「そんなこと仰《おっしゃ》らないでください。こうなったのも、私が……」

私があまりにも弱いから……そのくせ昔は、監督生としてクラスメイトの銀了《ぎんりょう》に厳格に接し、安っぽい正義を振り翳《かざ》してしまったから——もしもそう言ったら、彼はなんと言うだろう。立場上いつものように優しい顔で、綺麗《きれい》な言葉で慰めてくれるのだろうか。

「常盤様……私の話を、聞いてくださいますか?」

否とは言わないことを知っていても、訊かずにはいられなかった。

自分の問いに対して彼の立場ならどう答えるか、それがわかりきっているのに問うのは狡《ずる》いのかもしれない。話の内容にしてもそうだ。何を告白したところで彼が厳しいことを言うはずがないと、ほぼ確信を持ちながら話そうとしていた。

「もちろんです。私に話すことで紫苑様のお気持ちが少しでも楽になるなら、どのようなことでもお聞きします」

予想以上の答えをもらうと、それだけで涙が出そうになる。

紫苑は自分の頭の中を整理しながら、一度深く息を吸い込んだ。

「ありがとうございます。すでにご存じの通り、学園にいた頃、私は大きな間違いを犯しました。いつも正しくあろうとしていたのに、最後の最後に誤った選択をしたんです」

床に膝をついている常盤は、その姿勢のまま見上げてくる。

相槌《あいづち》は打たなかったが、真剣に聞いてくれているのが伝わってきた。

「私は……素行のよくない同級生に厳しくしておきながら……自分だけ恋に溺《おぼ》れました。好きな人と一緒にいるために、狡いことをして義務から逃げたんです。嘘をついて真実を隠し、罪深くも、幸せな時間を手に入れて……」

恋人と過ごした一年間。とても幸せだったけれど、悔恨に塗《まみ》れた一年だった。

捕まった時は絶望しながらも、罰を受けられることに少しだけ安堵《あんど》した。

両親を失望させてしまったり、信じていた恋人に裏切られたり……つらくて一度は死を選んでしまったけれど、その後は進んで罰を受けた。

償っている時の方が、誰かを裏切っている時よりはましだ。

何より、己の確固たる信念を曲げてしまったことを悔やんでいたから――。

罰を受けようと心を決めてからの七年は、思いの外《ほか》納得して過ごすことができた。

可哀相にと同情してくれる優しい人も時々現れたけれど、そう言われるたびに自分は、「罪を犯したんだから当然です」と、心の中で返していた。

「紫苑様……貴方《あなた》は狡くありません。当たり前のことをしただけです」

目線の高さを合わせた常盤は、思いがけないことをはっきりと言う。

耳を疑う発言だったが、低くとも聞き取りやすい声の余韻が、脳の奥に残っていた。

「当たり前の……こと?」

鸚鵡《おうむ》返しにすると、肩を撫でられながら「当たり前のことです」と念を押される。

常盤の手はとても大きくて、綿布越しでも伝わるくらい温かかった。

「贔屓生や神子に苦痛を与えるシステムそのものがおかしいのであって、紫苑様に罪などありません。当時の貴方には、教団信者や生徒である前に、個人としての幸福を追求する権利がありました。大人になった貴方が自ら所属することを選んだ組織ではないのに、隷属させられたうえに本来ありもしない罪を背負わされるのは、極めて理不尽です」

「常盤様……」

まっすぐに自分を見つめてくれる瞳《ひとみ》の強さに、涸《か》れたはずの涙が溢《あふ》れそうになる。

信じられないような言葉は、しかし真実なのだろう。

信仰心が篤《あつ》い人だと思っていたが、それは神に対する信心であって、教団への忠誠心は薄いのだろうか。

常盤は御三家の嫡男として特権を持って生まれ、学園の外で世俗に塗れて育てられた。

一つの組織に浸《つ》かりきらずに他のものと比較することができたのだから、もしも教団に反感を持っていたとしても不思議ではない。

——私に、見せてくれるんですか？　貴方の本心を、そんなふうに……。

次期教祖の座を競う人が、教団への不信感を他人に見せるのは危険なのに、包み隠さず言ってくれた。心の内側にある想いを、明らかにして見せてくれた。

今この瞬間、常盤から信頼を得ていることが嬉しい。

信じるに足ると思ってもらえた事実と、学園外で育った人間らしい彼の真っ当な思考が嬉しくて、今この時が自分の人生の中で一際《ひときわ》輝いていた。

「常盤様……貴方に、もっと早く……会いたかった」

いくら涙を零しても、いくら早く出会っても、彼は自分の物にはならない。

清廉潔白の美しい恋人がいて、大切な弟がいる人だ。入り込む余地などない。

それでもきっと、彼に恋をしていたら運命が変わっていただろう。

贔屓生だった頃、もしも彼が竜虎隊の隊長だったら——他の隊員になど目もくれずに、神子になった瞬間、彼を安心させられることを喜べたかもしれない。

常盤に祝福の言葉をかけられ、手を引かれ、同じ車に乗ってここに連れてこられる。

それはどんなに幸せで、そして切ない道のりだろう。

それでもきっと、誇らしく背筋を伸ばしていられたはずだ。

あんなにも自分を嫌いにならずに、神子として堂々と生きていけた。

「紫苑様、今夜は体調不良を理由に儀式を休みましょう」

「常盤様……そんな、それは……」

「神子とはいっても人間です。不調の時は必ずあるのに、貴方だけは常に稼働しなければならないなんて納得がいきません。皆勤だったものを崩して申し訳ありませんが、今夜は休んでください。無理なものは無理だと、教祖様に直談判《じかだんぱん》して参ります」

常盤の口から飛びだしたまさかの言葉に、紫苑は慌てて首を横に振る。

彼は御三家の嫡男で、正侍従のフロアよりも高い位置にある西王子《さいおうじ》家のフロアに部屋を持つ特別な存在ではあるが、教祖はやはり別格だ。

逆らうことは教団の秩序を乱す行為であり、決して彼のためにならない。

「いけません、それは絶対に駄目です。私はもう大丈夫ですから……どうかいつも通りに和室で待っていてください。常盤様が早々にお湯を抜いてくださって、そのうえこうして体を摩《さす》ってくださったので、すっかり気が晴れました。神子としてのお役目を、きちんと果たします」

「紫苑様……」

「恋をしていると儀式がつらいと、先日お話ししましたね。でも、私はもう大丈夫です。本当に平気なので、どうか心配しないでください」

愛のためなら耐えられます──言葉には出せないけれど、伝わっていることを願った。

身を案じてくれる常盤に向かって、紫苑はもう一度、「大丈夫です」と告げる。

生憎《あいにく》にも時期が合わず、神子になったことで常盤の株を上げることはできなかったが、せめて彼の足を引っ張らないようにしたかった。

もし万が一彼の立場を悪くしてしまったら、これまでのどんな時よりも酷《ひど》い自己嫌悪に陥るだろう。

「常盤様、儀式が終わったら……迎えにきてくださいますか？」

紫苑は心からの願いを籠《こ》めて、今後の行動を常盤に確認した。

常盤はいつも、行きと帰りの両方に従事してくれたが、通常は儀式前と儀式後の送迎は別の正侍従になることが多い。

一人の正侍従がどちらも担当すると待機時間が長くなり、時間のロスが大きいからだと言われている。教団内で非常に高い地位にいる正侍従は、神子と接して幸運を得ることは望んでいても、神子のために時間を潰《つぶ》して待っていてはくれないのだ。

「今夜は、どうしても来てほしいんです」

紫苑が儀式を受けることに反対しているためか、常盤は沈黙した。

迎え以前の問題だと言いたげで、不満に満ちた顔をしている。

それでも最後は手を握り、力強い眼差しを送ってくれた。

「もちろんお迎えに上がります。確認などなさらなくても、私はいつでもそうします」

ありがとうございます、よろしくお願いします――そう言おうとすると、涙が零れる。

迎えにきてもらえることも、彼と約束を交わせることも、どんなに幸せか思い知った。

常盤は病に臥《ふ》せっている正侍従の代理で教団本部にいるだけで、正式に正侍従になったわけではない。竜虎隊隊長も同様に代理を立てている以上、彼は近いうちに学園に戻って竜虎隊隊長として復帰するだろう。

身分は今よりも落ちてしまうが、常盤にとっては返り咲きなのかもしれない。学園には恋人の椿がいる。竜虎隊に戻れば同じ屋根の下で椿と暮らして、いつも一緒にいられるのだから。それは常盤にとっての幸せ、自分にとっては絶望――それでも、彼の望みが叶うことを祈りたい。そういう自分でありたい。

「紫苑様……泣かないでください」

常盤はハンカチを取りだすと、「失礼します」と言いながら涙を拭ってくれた。角を使ってトントンと軽く目尻《めじり》に触れたかと思うと、頬《ほお》全体を広い面で押さえる。とても心地好い感触の生地だった。そのうえ男性向け香水のような、いい香りがする。

「常盤様、お顔に……お顔に触れてもいいですか？」

そのハンカチをくださいと言いたくなった紫苑は、言えなかったにもかかわらず、より大胆なことを口にしていた。しかし言った側《そば》から拒まれるのが怖くなり、後悔する。常盤に嫌われたら生きていけないのに、馬鹿《ばか》なことを言ってしまった。

「――っ、あ……」

紫苑は何も答えない常盤に手首を摑《つか》まれ、顔の方へと引き寄せられる。いつも触れたいと思っていた顔の感触が、指や掌《てのひら》から伝わってきた。瑞々《みずみず》しい肌の向こうに、筋肉や骨を感じる。温《ぬく》もりも感じられる。

「紫苑様……私は貴方の物にはなれませんし、いずれは学園に戻ることになるでしょう。

それでも一つ約束します。貴方が神子を引退された時は必ずお祝いに馳《は》せ参じて、自由になった貴方を外の世界にお連れします」

「常盤様……」

「第二の人生を始める記念に、水平線が見える所まで行きましょう」

彼が話している間ずっと、頰や顎《あご》の動きを掌で追うことができた。

この約束は幻聴ではなく、本当に常盤が発している言葉なのだと実感する。

引退するまであと一年から二年程度。降龍の回数が多い神子ほど早く神に飽きられるという統計もあるため、自分の場合はおそらく最短で引退に至る。

あと少し耐えれば夢の時はやって来て、幸せの絶頂を味わえるのだ。

でも、その先には何が待っているのだろう。

このうえなく贅沢《ぜいたく》で幸福なデートが終わったら、「次の恋を見つけて頑張ってください」と背中を押されて見送られるだけだ。常盤はその先に続く道に送りだしているつもりでも、実際には先などない。夢から覚めた途端に道は途切れ、独り奈落《ならく》に落ちるだけだ。

——優しくて残酷な貴方は……私に思い出だけを残して、恋人の許に帰っていく。

一時の幸福を糧にして生き抜くか、それとも落差を感じて苦しむことになるだけか……すでに自分の中で答えが見えていた。

常盤への恋が叶わないなら、その先に待つすべての恋は妥協であり、無限の孤独に震え続けるか……偽物の恋で暖を取るか、そのどちらかしかない。

「約束の証《あか》しに、一度だけ……キスをしていただけませんか？」

紫苑は常盤の頰に当てていた指を滑らせ、彼の唇に触れた。

立体的で形のよい唇は、予想していた以上に弾力がある。

許されるものなら唇をめくり、歯列や舌に触れたかった。

「――では、こちらに」

常盤は摑んでいた紫苑の左手首を下ろすと、リストカットの痕《あと》に唇を寄せる。

神子故に傷の治りが早いのか、深いはずの傷はわずかな痕しか残さずに消えていた。

それでも確かに残った皮膚の赤みを、常盤は以前から気づいていたのだろう。

唇を傷の上に押し当てながら、そっと瞼《まぶた》を閉じた。

潔く秀麗な眉《まゆ》の下で、漆黒の睫毛《まつげ》が綺麗に伸びて影を落とす。

触れられた手首がドクンと大きく脈打つのを、彼は感じているだろうか。

貴方が好きですと必死に訴える傷痕から、邪《よこしま》な想いが今にも溢れだしそうだった。

――羨《うらや》ましい……妬《ねた》ましい……貴方を自分の恋人だと言いきれる人が、憎くて……。

神子は誰かを妬んだり、憎んだりしてはいけない。

たとえ神の寵愛《ちょうあい》が薄れかけている身でも、神子が神子以外の人間に悪《あ》しき念を抱けば、その人の運気を下げてしまう。場合によっては、死に至らしめることさえある。

それなのに考えることをやめられなかった。

椿がもしもこの世から消えたら、その時は自分にも少しは機会があるのだろうかと――この人生の行き先は奈落でも孤独でもなくなって、彼と一緒に歩める道が見えてくるかもしれないと……そんな、邪悪な妄想を頭の中で繰り広げる。

「常盤様……あとのことは、補佐官に任せてください」

紫苑は常盤の唇が離れたと同時に左手を引き、キスを受けた所を右の掌で押さえた。

常盤はいささか驚いた様子を見せ、黒い瞳を円くする。

「――紫苑様?」

「儀式が終わったあとに、お会いしましょう。迎えにきてくださるのでしょう?」

常盤の瞳は今、自分を見つめているけれど……彼が本当に見つめたいのは椿だ。

たった今まで触れていた唇も、椿なら思うままにできる。

手首へのキスではなく、唇を崩して舌を絡《から》めて、好きなだけ味わって――そして常盤の腕の中で、熱い欲望に穿《うが》たれながら未来を夢見ることができる。

椿だけが、その権利を持っているのだ。

「本当に補佐官を呼びますか?」

「はい、呼んでください。罷《まか》り間違っても常盤様に浴槽を洗わせるわけにはいきません。お怪我のこともありますし、そうでなくとも貴方にそんなことをさせるのは嫌です」

「お気遣い痛み入ります。しかしながらお迎えの前に御祈禱に参列しますので、このあとすぐに祈禱堂でお会いしましょう。先に行ってお待ちしております」

「はい……ありがとうございます」

この世から消してしまいたいのは、椿なのか自分なのか——紫苑は突如生じてしまった暗い欲望に惑いながら、一旦常盤の前から自分を消そうとする。

好きな人から大切な物を奪おうとするなら、それは愛ではない。

持論ではそう思うのに、しかし綺麗事では抑えきれない想いがある。

この欲もまた愛の証しに思えてきて、正しい愛し方がわからなくなった。


常盤の補佐官には、現在大病を患って入院中の正侍従の補佐官と、常盤が自ら推薦して補佐官にさせた西王子家の人間が交ざっている。

前者の補佐官は、元々の主《あるじ》が別にいるうえに南条《なんじょう》家の人間であり、常盤にとっては扱い難い存在のようだった。彼は特に何も言わないが、考えるまでもなくわかる。

実際のところ常盤が紫苑のために寄越すのは、西王子家の補佐官ばかりだった。

彼らは常盤から厳しく命じられているため、いつも甲斐甲斐《かいがい》しく世話をしてくれる。

「紫苑様、常盤様が祈禱堂でお待ちでいらっしゃいます」

入れ替えた湯で慌ただしく禊を終えた紫苑は、補佐官らの言葉に「はい」と答える。先に祈禱堂に行った常盤は、進行の遅れについて教祖に説明したかもしれない——そう思うと、気が急《せ》いて仕方がなかった。

予定通りに事が運ばないと常盤が責任を追及されかねないため、紫苑は緋《ひ》襦袢に重ねた金襴緞子《きんらんどんす》の打ち掛けの裾を摑み、先導役の補佐官の手を引いて赤絨毯《じゅうたん》の上を急ぐ。

王鱗《おうりん》学園にある階層分けされた降龍殿とは違って、教団本部の降龍殿は同じフロア内で大きく二つに分かれていた。厳密に言えば、交合が行われる和室のみが降龍殿になるが、実際には祭壇のある祈禱堂も含めて、一纏《ひとまと》めに呼ぶことが多い。

王鱗学園の東方エリアにある降龍殿には、畳を敷いた小規模な祈禱場があるのに対し、本部の物は完全に独立した広いホールだった。

注連縄《しめなわ》に囲まれた祭壇周辺を除けば、和洋折衷の荘厳な空間になっている。畳も敷いてあるが、注連縄の内側の、階段を上がった先だけだった。

それより下には、白い大理石の床と真紅のアイルランナーが続いている。

畳の上に乗るのは祈禱役と神子のみで、他の人間は全員洋装で靴を履いていた。

——御祈禱役が……教祖様じゃない。

補佐官に手を引かれるのではなく、むしろ引く恰好《かっこう》で祈禱堂に足を踏み入れた紫苑は、今夜の御祈禱役が教祖ではないことに気づく。

教団本部での祈禱は教祖が行うのが普通だが、こういったことは間々あった。元陰神子の紫苑を重視していない教祖は、本来なら特別な事情がある場合にのみ立てる教祖代理を、月に何度も立てている。無論、紫苑が儀式に参加する時だけだった。

教祖代理として祈りを捧《ささ》げるのは侍従長で、すでに祭壇に向かっている。

祈禱の前後には、正面奥の垂れ幕の向こうで捧歌《ほうか》隊が歌を歌うことになっていた。彼らの後ろには音楽隊もいて、儀式を厳かに盛り上げるための楽曲を演奏している。

そして今夜の憑坐の姿が、祭壇右手に垂らされた紗《うすぎぬ》の幕に影を落としていた。通常は立っているはずだが、椅子《いす》に座っているので高齢者かもしれない。

これから神子を抱く憑坐は、幕を隔てたこちら側の様子を見ることなく、無事に龍神が降りて御神託を得られることを粛々と祈る決まりになっている。

「神子様がお見えになりました」

祈禱堂の扉近くに控えていた常盤が、教祖代理を務める侍従長に告げた。

そして補佐官と交代する前に紫苑に向かって一礼し、視線を合わせてから左手を取る。

余所《よそ》の宗教の結婚式とは立つ位置が逆で、八十一鱗《くくり》教団ではこういった場合に、女役に相当する神子が右側に立つことになっていた。注連縄の下に設けられた階段の手前まで、きらびやかな打ち掛けの裾を引きずりながら歩くのだ。

――常盤様……。

これから見知らぬ男に抱かれる自分を、彼が憐《あわ》れんでくれているのが目でわかる。

常盤は教団本部に来てから自分に対して常に優しく、許される範囲で尽くしてくれた。

まるで夢でも見ているように幸せだったけれど、決定的に何かが覆《くつがえ》るわけではない。

巷《ちまた》の結婚式場を彷彿《ほうふつ》とさせるこの真紅の絨毯の上から、ドラマに出てくる花嫁のように常盤に連れ去ってもらえるのは——この世で唯一人、椿だけなのだろう。

ああ……それを思うと羨ましい。たまらなく妬ましい。

椿はあんなにも若く美しく、それでいながら神子に選ばれずに自由に生きている。

何故あの子ばかりが幸せなのか。どうして神子にならずに常盤の恋人でいられるのか。

椿の顔も体も、髪も声も、地面に落ちる影さえも、常盤が気に入っている椿のすべてが羨ましい。

——私が椿だったら……常盤様に抱いてもらえるのに……。

椿と入れ替わりたい。あの子が持っているもの全部が欲しい。

八つ裂きにしてしまいたいほど憎らしくて、手に入らないなら椿を消したい。

常盤の従弟《いとこ》として血の絆《きずな》を持ち、絶対的な信頼を得てそばに置かれ、貞操を守りながら彼だけの物でいられる椿が……常盤に愛されている椿が、この世で一番憎い。

かつては後輩だったあの子の息の根を、今すぐに止めてしまいたい。

——自分の中に、これほど醜く激しい感情があるなんて……。

知りたくなかった。できることなら一生知らずに終わりたかった。

こんなに汚い心では、椿がいてもいなくても愛されるわけがないのに。

自分の醜さすらも、すべて椿のせいにしたくなる。あの子さえいなくなれば、身も心も洗われたように綺麗になれる気がして——。


祈禱の間中、祭壇に向かって黒い祈りを捧げてしまった紫苑は、降龍殿に移った途端に立っていることもできなくなった。

音楽や捧歌に背中を押されて毒々しい気持ちになっていたが、独りになるとたちまち、骨を抜かれたように気力と体力を失う。

誰も憎んではいけない神子の身でありながら、愛する人の恋人の死を願い、剰《あまつさ》え祭壇を前にして祈ったのだ。

なんてことをしてしまったのかと、すでに後悔している。

もしも相手が神の愛の薄い人だったら、どんな不幸に見舞われるかわからない。

自分がしたことは、己の信念に対する裏切りであり、何より常盤への裏切りだ。

彼の同情を受けて勝手に恋情を燃やし、なんの罪もない恋人の死を望んでしまった。

「神子様、憑坐がお見えになりました」

赤い布団が敷かれた和室で、紫苑は襖《ふすま》に目を向ける。

全身の細胞が騒ぐように、体全体がドクドクと脈打った。

立ち上がろうにも立ち上がれず、畳の上に広がった打ち掛けの裾を引き寄せる。

どのような男が憑坐として現れようと、いまさら怯《ひる》まないはずだった。

他の神子が嫌がる憑坐に期待などしていないし、誰が相手でも関係ない。

唯一つ願っているのは、自分が何もしなくても事を運んでくれることだけだ。

憑坐には老いた男も多いため、教団本部に常駐している医師が、憑坐の体調に合わせて精力剤を投与することもある。

しかしそうまでしても交合が難しく、神子が手淫《しゅいん》や口淫を駆使し、何時間もかけてようやく降龍を成立させる場合もあった。

「これはこれは、なんとありがたい。青い目が美しい、お人形のような神子様だ。ああ、拝んでいるだけで運気が上がるのがわかる。血が騒ぎ、若返る」

開かれた襖の向こうから現れたのは、八十を優に超えていそうな老人だった。

四点支柱の室内用杖《つえ》をついていたが、襖が閉まるとそれを放して迫ってくる。

加齢臭すら失《う》せるほど乾いた老人が、膝歩きで畳の上を進んできた。

緋襦袢の上から膝を撫でられ、紫苑は反射的に身を引く。

ミイラの如き老人の手は絹の表面を滑り、畳の上にぱたりと落ちた。

「神子様、どうかしましたか？」

そう問う口からは、黄ばんだ歯列が覗いている。

これまではどこに触れられても、どこを舐《な》められても耐え抜き、ありがたがってくれる憑坐に対しては、嫌な顔をしないよう努めてきた。

過去に犯した罪を念頭に置いて、これは当たり前の罰なのだと自分に言い聞かせながら心を遠くに飛ばす。

そうすればいつだって耐えられた。

玄人《くろうと》の男娼《だんしょう》になりきって、性技を用いて降龍を成立させることができたのだ。

「──嫌……嫌です、触らないで！」

左手首に触れられそうになった瞬間、紫苑は弾けるように立ち上がる。

急激に吐き気が込み上げてきて、胃の中の物を戻しそうだった。

常盤がキスをしてくれた手首を、誰にも触れられたくない。

私利私欲に塗れた御神託を求める手で、あの唇の感触を汚すなんて許せなかった。

目の前の老人と床に入ることも考えられない。常盤に奪ってもらえなかった唇や体を、何故こんな老人に捧げなければならないのか──。

「嫌……もう嫌だ、こんなの……耐えられない！」

「神子様！　神子様、どうされました⁉」

声を上げたのは老人ではなかった。
侍従長の補佐官が、血相を変えて飛び込んでくる。
紫苑が逃げると、老人と一緒になって部屋の奥まで追ってきた。
さらにもう一人、比較的若い補佐官が別の襖を開けて入ってくる。
「私に近づくな！　もう嫌だ、嫌だ！　誰にも触られたくない！」
これまで耐えられたのが嘘のようで、過去の自分の気持ちがわからなくなった。
声を張り上げた紫苑は、寝室の奥に追い詰められながらも補佐官から逃げる。
畳の上を駆けては裾を踏んで倒れ込み、また立ち上がっては肘《ひじ》を摑まれて倒れた。
二人がかりで拘束された瞬間、込み上げる吐き気を抑えきれずに前屈《まえかが》みになる。
「――う、う……ぐ、う……！」
紫苑は懐紙入れに向かって嘔吐《おうと》し、補佐官達は困惑した様子で呻《うめ》いた。
彼らの呆《あき》れた声と溜《た》め息に、憑坐が怒鳴り散らす声が重なる。
――私は、生きる価値もないのに……どうして今まで……！
ろくに食べていなかった紫苑は水ばかりを吐き戻し、苦しさに涙する。
補佐官達が、「今夜は無理だな」「医師を呼ぼう」と小声で話しているのが聞こえた。
続いた言葉は、「序列に従って最年少の神子に任《まか》せよう」という一言だった。
畳に這《は》いつくばって咳き込みながら、紫苑は杏樹《あんじゅ》の顔を思い浮かべる。

九つも離れた若い神子に、こんな老人の相手をさせるわけにはいかない――すぐに立ち上がり、自分がやらねばならないと思う理性と、生理的にどうしても耐えられなくなった心の拒絶がぶつかり合った。

自分にはもう無理だと、本能が訴えてくる。

――常盤様……私は貴方の足を引っ張らないよう……きちんと務めを果たしたかった。そう思ったのは本当なのに、私は無力で……口ばかりの人間でした。お酒で慰めなければ生きていけないくらい弱くて、神子として貴方の役に立つこともなく……そのくせ神子の力を使って、貴方の大切な人の死を願った……。

自分がこのまま生き続ければ、事あるごとに椿を妬んで呪《のろ》ってしまうかもしれない。

恋人の運気が下がって不幸になったら、常盤も必ず不幸になる。

それがわかっていても、妬心《としん》で濁った心は鋭い殺意を生みだすだろう。

――神子として働くことも儘《まま》ならず……常盤様の幸福を削り続けるなら、私はもう……

この世に要《い》らない。危険なばかりで、生きている価値がない。

それならもう、自分の手で終わらせよう。これ以上醜くなる前に。

何より、常盤に触れられた体を他の誰かに触れられたくない。

夢の続きがないのなら、どうか、この感触のままで――。

3

祈禱《きとう》堂で紫苑《しおん》を見送った常盤《ときわ》は、補佐官と別れて四十一階をあとにした。通常は幹部専用エレベーターで移動するが、独り外れて内階段を使う。他人とも普段の自分とも違う行動を取ったのは、咳《せき》を止められそうになかったからだ。

浴室で紫苑を抱き上げた時から違和感を覚え、どうにかこらえてきたが限界だった。下手をすれば肋骨《ろっこつ》に再び罅《ひび》が入ってしまうため、階段室で恐る恐る咳をする。

最初に思っていたよりも長引く怪我《けが》に苛立《いらだ》ちつつ、ハンカチで口を押さえ、もう片方の手では胸を押さえておいた。一頻《ひとしき》りそうしてから、体を落ち着かせて階下に向かう。

最上階の四十一階から、教祖のフロアである四十階へ。そして紫苑以外の神子《みこ》が暮らす三十九階と三十八階を通過した。西王子《さいおうじ》家のフロアに戻るために、さらに下りて踊り場に立つと、その下にある三十七階の扉が見えてくる。

黒檀《こくたん》製の扉の先は、教団御三家の筆頭である南条《なんじょう》家のフロアだ。

扉は、大きさこそ一般的なビルの内階段の物と大差なかったが、高層階の扉は各フロアごとに装飾されていた。表面に精緻《せいち》な彫刻が施され、文字や階数など書いていなくても、教団の人間なら一目でどういうフロアかわかるようになっている。

南条家のフロアに続く扉には、羽ばたく朱雀《すざく》が彫られていた。

各階の扉はオートロックで、緊急時以外は出入りが制限されている。

生体認証によるセキュリティチェックをクリアしなければ、開くことができなかった。

常盤は三十七階を通過し、北蔵《きたくら》家のフロアである三十六階に差しかかる。

すると突然、上階から扉のロックを解除する電子音が聞こえてきた。

内階段を使う人間は珍しいが、もちろんいないわけではない。

常盤は手にしていたハンカチをポケットに戻し、礼帽の位置を整えた。

南条家の人間に体調不良や怪我の疑いを持たれるわけにはいかないので、できれば姿を見せることなく自分のフロアに戻りたかったが、駆け下りて去るのは如何《いか》にも不自然だ。

キイッと音を立てながら黒檀の扉が開き、朱雀の彫り物が下の踊り場からでもよく見えるようになる。

──黒スーツ……秘書か？　やけに体格がいいな。

上質な艶《つや》のある扉の向こうから出てきたのは、眼鏡をかけた長身の男だった。

侍従職には補佐官が必ずついており、補佐官は秘書を使役していることがある。

相手が秘書なら、たとえ誰の秘書であろうと常盤の方から挨拶《あいさつ》をする必要はないため、彼が自分に気づかなければいいと思った。

ところが上に向かおうとしていた男は、暗めの茶髪を揺らしながら振り返る。

誰かに見られたら困ると思っているらしく、人目がないかを確認する仕草だった。

「——ッ！」

「……あ！」

その男の顔を見た途端——常盤は真っ先に我が目を疑い、記憶の中から浮かび上がった人物を否定する。

瞬時に照合されて弾きだされた答えに間違いはないはずだったが、「コイツがここにいるわけがない」という、理性的な判断が別の可能性を模索していた。

しかし他の候補は浮かんでこない。

やはり間違いはなく、階段の上に立っている男は本来ここにいてはならない人間だ。

王鱗《おうりん》学園大学部三年の楓雅《ふうが》——素行の一部に問題があるものの、常に学年筆頭の成績を修め、学園のキングと呼ばれて誰からも慕われるカリスマ的な存在だ。

公表されてはいないが、教祖の次男であり、薔《しょう》の実兄に当たる。さらに言えば、満月の晩に椿《つばき》と密通して、月に一度の陰降ろしを成立させている男でもあった。

「常盤さん……どうしてこんな所に？」

髭《ひげ》まで剃《そ》って変装している楓雅は、自分の正体を必死で隠す気がないようだった。

常盤が気づいた時点で白《しら》を切るのは無理だと判断したのか、お手上げと言わんばかりの表情で階段を下りてくる。

目立つ明るい金髪を茶髪のウィッグで隠し、秘書に見せかけるべく黒スーツを着込んだ学生に、「どうしてこんな所に？」と問われる謂《いわ》れはなかったが、しかし文句を言っても皮肉を返しても意味がない。考えるべきは、今ここに楓雅がいる理由だ。

「――階段を使う人は滅多にいないと聞いてたんですが、なんだって貴方《あなた》みたいに身分の高い人が独りでこんな所にいるんですか？」

「教団本部にいると運動不足になるからな」

「ああ、そうですよね。馬にも乗れないわけだし」

「お前がここにいるのは、人目を避けて父親に会うためか？」

常盤の問いに対して、楓雅は眉《まゆ》をひねりつつ口元では笑う。

沈黙の笑みは認めたも同然であり、やはり隠す気はない様子だった。

王鱗学園の生徒及び学生は、卒業するまで自分の出自を知らないのが普通だ。ましてや在学中に父親と接することなどあり得ないが、楓雅が自分の出自を知っていることや、親族と通じる者と接触を持っているであろうことは、常盤も察していた。

楓雅の姿形は教祖に似ており、髪や目の色は教祖の嫡男である榊《さかき》に似ている。南条家の人間を始めとする大勢の教職員が、彼を特別扱いしているのは周知の事実だった。

「順応教育の実地訓練を利用したのか」

「はい、近くのホテルに泊まってます」

「こんな所まで見学するとは知らなかったな」

「どうしても教祖様にお願いしたいことがあって……」

楓雅は語尾を濁しながら、常盤と同じ踊り場に下り立つ。

こうして対峙《たいじ》するのは初めてではなかった。

学園にいた時は、学生を取り締まる竜虎《りゅうこ》隊の隊長と、己の出自を知らない学生という関係だったが、今は西王子家の嫡男と教祖の息子として向かい合っている。

楓雅が以前から教祖と接触を持っていたと考えると、彼はまず間違いなく、薔の出自も知っているだろう。

南条家の三男と西王子家の次男がすり替えられたこと。そして常盤がその事実を知ったうえで、血の繋《つな》がらない弟を育て続けたこと。挙げ句の果てに学園に引き渡すのを拒んで逃亡し、龍神の怒りを買って改心した経緯まで、すべて聞かされていると考えられる。

──この男は薔が自分の実弟だと知ったうえで、俺に対し……「薔を実の弟のように思ってきた」と、そう言った。

あの発言が、いずれ取り返すという意味を含んだ宣戦布告だったのか、何か別の意図があって口にした言葉だったのか──その時の楓雅の気持ちも、彼の本性もわからないが、常盤が楓雅の発言に気分を害し、待ち受ける未来に恐怖したのは事実だった。

いくら自分が育てたとはいえ、分《ぶ》は完全に向こうにある。

「先日の火事の時、胸を強打されたように見えましたが大丈夫ですか?」

「ああ、問題ない」

「それならいいんですが、もし罅とか入ったならお大事に」

楓雅は常盤の答えを信じていないようで、「内臓に刺さると大変ですから」と続ける。

「薔が入院してること、椿さんから聞いてますよね?」

さらに続けられた言葉に、常盤は怪我以上の痛みと不快感を覚えた。

自分でもどうにかならないものかと思うが、楓雅の口から薔と椿の名前が出ると、脊髄《せきずい》反射の勢いで拒絶反応が起きる。自分の物を纏《まと》めて掠《かす》め取られた気分になるからだ。

「凄《すご》く心配してるだろうなって、思ってました」

沈黙しか返さない常盤に対し、楓雅は勝手に話を進める。

ただの学生であれば、常盤が育てた弟が薔であることなど知らないはずだが、彼は薔を常盤の弟という位置づけで話していた。髭を剃ったことで年若《としわか》に見えるにもかかわらず、学園にいる時よりも大人びた表情を見せ、「ここではお互い腹を割って話しましょう」と、訴えかけるような視線を送ってくる。

「病院関係者には南条家の人間が多かったな。都合をつけて薔に会ったのか?」

複雑な思いを抱きながらも、常盤は楓雅の誘いに応じて問う。

すると彼は少しだけ嬉《うれ》しげな顔をして、包み隠さず「何度も会いました」と答えた。

一時的な昇進という形で学園を追われ、薔に会いたくても会えない常盤にとっては甚《はなは》だ不愉快な話だったが、薔の気持ちを考えれば感謝せざるを得ない。

薔の発声障害が事実であれ詐病であれ、薔が今現在、周囲から弱者と見なされる状況で病院の一室に閉じ込められていることに変わりはないのだ。薔はプライドを傷つけられ、束縛を嫌う自由な心を締めつけられて、日々ストレスと闘っていることだろう。

「薔とは、筆談で話すのか？」

「最初のうちはそうでした。今は読唇術でだいたい伝わります」

「読唇術？　ピッキング以外にそんな特技まであるとは知らなかったな」

「あー……ご存じだったんですね、貴方も人が悪いな。読唇術はまだ勉強中なので、口をゆっくり丁寧に動かしてもらえないと読み取れません。相手の協力が必要なレベルです」

薔のために最近急に学び始めたのだと察すると、常盤は楓雅以外には感じることのない特殊な不快感を覚える。

もしもこの男が薔の実兄ではなかったら、「弟が世話になった」と、当たり前に感謝することができただろう。今もそういう気持ちが皆無というわけではなかったが、しかしこの男の前で、「薔は俺の弟だ」と言いきることを躊躇《ためら》う自分がいる。

薔の本当の兄である男が、薔を可愛がったり薔のために尽くしたりすることに対して、どうしようもない苛立ちと、いつか奪われるのではないかという焦りを感じた。

薔の実父である教祖や長兄の榊のように、薔を南条家の神子候補としてしか見ていないなら割りきるのも簡単だ。

単なる敵と見なせばそれで済むが、楓雅には常盤が共感を覚えるほど強い薔への愛情があり、鉄壁の血の繋がりと、薔と共に過ごした時間の長さという利がある。

楓雅がより執着しているのは椿であって、薔に関しては躍起になって西王子家から奪い返そうとまでは思っていないかもしれないが――それはそれで、実の兄弟という切っても切れない絆《きずな》を持つ者の余裕を感じて、憎らしかった。

何しろ自分は、南条家に薔を奪い取られることを長年ずっと恐れてきたのだ。

血の絆より大切なものを築いたと信じていても、どんなに愛していても、血の繋がりがなければ、薔が確実に自分の許に帰ってくるという保証は得られない。

「教祖様にお願いしたいことがあると、そう言ってたな。薔に関することか？」

訊《き》くまでもなくそうだと思った。

いくら教祖の息子とはいえ、王鱗学園に入った以上は卒業まで親に会ってはならない。

順応教育の実地訓練の際は、左手首に自分では外すことのできないGPS機能付きのウェアラブル端末をつけられるが、楓雅が嵌《は》めているのは普通の腕時計だった。

つまり今の状況を他家の嫡男に見られるのは非常にまずいはずだが、楓雅は落ち着き払っている。目的が薔のためなら目を瞑《つむ》ってもらえると、そう思っているのだろう。

「もちろん薔に関することです。精神的なショックにより発声障害を起こしている件を、直接会って自分の言葉で訴えたいと思っています。そのために無茶な手段を取りました」

「何をするにしても、もっと用心するんだな。教団の中には自分の息子に会えないことに不満を抱いている人間も少なからずいる。御三家の特権で嫡男を手許に残しているうえに他の息子にまで会っていると知られるのは、いくら教祖様でもいささかまずいぞ」

「そうですね、気をつけます。でも、今ここで貴方に会えてよかったです」

「見逃すのは今回だけだ。お前には一つ借りがある」

「八月十日に貴方が学園に忍び込んだ一件ですか?」

「俺も黙っていないとフェアじゃない」

「借りがなくても言わないでしょう?」

にこりと笑った楓雅は、三十七階と三十六階の間にある踊り場に立ちながら、階段室の天井を仰ぐ。四十階にいる教祖のことを示すように、指先を軽く天井に向けた。

「約束の時間が迫ってるので、もう行きますね。蘇芳《すほう》隊長の件で薔が精神的にダメージを受けて、発声障害を始めとする異常が見られることを切に訴えてきます。今の薔には他の誰でもなく、育ての兄のサポートが絶対に必要だと、教祖様に進言するつもりです」

「……ッ」

「貴方は学園に戻るべきだ」

眼鏡のレンズ越しにまっすぐに向かってくる黄金色の瞳《ひとみ》は、どんなに疑ってかかっても邪心を見いだせないほど清く澄んでいて、薔の瞳によく似ていた。楓雅の容姿が薔とかけ離れているのがせめてもの救いだと思っていたが、通じるものはやはりある。

「俺が言ったところで聞き入れてもらえるかはわかりませんが、薔を神子にしたいと願うなら、まずは心身共に健全な状態に戻すのが先決です。薔と貴方を無理に引き離して蘇芳隊長を送り込んだ教祖様の企図《きと》は、失敗と言わざるを得ません。それは教祖様自身もよくわかっていると思いますので、なんとか説得してみます」

薔を神子にしたいと願うなら——と楓雅は口にしたが、それはあくまでも教祖の希望であり、自分は別の考えを持っているという気持ちが垣間見えた。

敵方にいるこの男をどこまで信用していいのか、現段階で判断することはできないが、疑ってかからなければと思う理性を裏切って、常盤の胸の内では答えが出始めている。

楓雅がいつの時点で薔との血の繋がりを知ったのかは不明だが、おそらく何も知らなかったであろう頃から実の弟同然に可愛がっていた薔を神子にして、男娼《だんしょう》のような真似をさせたがるとは考えにくい。

学園の外で育った教祖や榊とは違い、学園で純粋培養された楓雅の精神は潔癖なものに思えた。何よりも、薔に対する想いの度合いが彼らとはまったく違うのだ。

「じゃあ、俺はこれで失礼します。いい結果に繋がるよう祈っててください」

金髪をウィッグで覆い隠している楓雅は、茶髪をわずかに揺らして会釈する。

踵《きびす》を返して階段を上がっていく背中を見上げながら、常盤はきりきりと痛む胸を右手で押さえた。怪我のせいだと思いたかったが、胸の底から込み上げてきて疼《うず》くのは、紛れもなく嫉妬《しっと》だ。

血の繋がりなど関係ないと、幼い頃から思い続けてきた。

愛することに関して言えば、今でも変わらずそう思っている。

しかし血は親子を結び、兄弟を結び、人が帰る場所を決めてしまう。

結局自分は、この男の血が妬《ねた》ましいのだ。

もしも薔が実の弟だったら、恋仲になったことに延々と苦しみ続ける破目になったかもしれないが、たとえその苦痛と罪を負ってでも、血の繋がりが欲しかった。

神子にさえならなければ、あの子が必ず自分の許に帰ってくるという保証があったら、この十五年間……どれだけ気が休まったことだろう。

学園に来るまでの常盤は、人としてあるまじき願望を抱いていた。

薔とすり替えられて戸籍上は南条家の三男となっている弟――剣蘭《けんらん》が、薔よりも龍神に好まれる容姿の美童に育ち、神子になってくれればいいと……願わずにはいられなかったのだ。剣蘭が神子になれば、南条家は素知らぬ顔で剣蘭を南条家の神子だと公表し、教団本部に迎えただろう。薔は役立たずとして切り捨てられるはずだった。

「楓雅……」

剣蘭の顔を見れば、この子も守りたいと……そして西王子家に迎えたいと思うように、楓雅もまた、自分の弟が可愛くて、守りたくて仕方がないのだろう。

やはりどう考えても現時点では敵とは言えない楓雅の名を口にした常盤は、朱雀の扉の前で振り返った楓雅と目を見合わせた。

「──常盤さん?」

「一日も早く学園に戻りたい。くれぐれもよろしく頼む」

情けなくても悔しくても、自分を待っている薔のために戻りたい。

予定通りの春ではなく、あらゆる事情を覆して、本当に一日も早く戻りたい。

教祖にとって贔屓生にすらなれなかった楓雅は役立たずのはずだが、しかしこの次男に対して、教祖が愛情を持たないわけがないと思った。たとえ地位を譲れなくても、神子になって一族に繁栄を齎《もたら》さなくても、自慢の息子には違いないだろう。

むしろ嫡男の榊以上に可愛がっている可能性もある。

何しろ楓雅は、教祖が誇る容姿を写し取っているうえに、教祖が憧《あこが》れながらも自身では得られなかった類《たぐ》い稀《まれ》なる金髪と金瞳《きんどう》を持っている。自分に似ているうえに傑物《けつぶつ》のオーラを放つ楓雅を愛し、内心ではこちらが嫡男だったら……と惜しんでいるかもしれない。

そんな愛息子《まなむすこ》の願いを、教祖は決して無下にはしないだろう。

「俺のこと、信じてくれたみたいで嬉しいです。貴方が俺を嫌っているとしても……俺は貴方のことが好きですよ。誰が相手でも薔のためなら頭も下げるし、どんな演技もする。五階から落ちてくる十八歳男子を、身を挺《てい》して受け止めるだけの愛がある。そういう……貴方の必死なところとか、薔に対する揺るぎない愛情とか、見てると安心します。この先何があっても、薔は貴方といれば幸せだって信じられるから」

楓雅はそう言いながら、再び階段を下りてきた。

常盤が十五年間続けてきた演技を無視して、当然のようにすべて見抜いている体《てい》で話す楓雅に対して、常盤は無意味な言葉を返さない。

西王子家から神子を出したいという、これまで頑《かたく》なに守ってきた姿勢を見せたところで、本当の姿を見られたあとでは説得力がないのだ。

神子になった方を弟として迎え入れる——それは南条家の嫡男である榊の考えであり、常盤も同じように考えている振りをしてきたが、赤子のすり替えに関して、分が悪いのは西王子家の方だった。南条家にも非はあるものの、薔を奪われようと剣蘭を奪われようと文句を言い難い立場の常盤が、薔を神子にしたくて仕方がない振りをすること自体、赤子すり替えの真相を知る面々から見れば無理がある。

それでも「神子になった弟」を巡って、いずれ南条家と無謀な奪い合いをする気があることを、常盤は示し続けなければならなかった。

薔や剣蘭が神子になることを望まない人間だと判断されれば、薔を守れないどころか、近づくことすらできなかったからだ。

「常盤さん、俺からもお願いしたいことがあります」

微動だにしない常盤の目の前に戻ってきた楓雅は、急に表情を切り替える。

額に八の字を寄せながら、おもむろに唇を開いた。

「椿さんの存在は、薔のためにはなりません。たぶん貴方が思っている以上に、椿さんは薔を苦しめているでしょう。椿さんが何をしてもしなくても、近くにいるだけでお互いに傷つけ合う存在なんだと思います」

楓雅は椿が薔に何かをしたとは明言しなかったが、おそらく何か知っているのだろうと察した常盤は、しかし別段驚きはしなかった。

あまりにも温《ぬる》い温室育ちの薔は、その名の通り棘《とげ》があるような態度を取ってはいるが、実際には人の悪意に疎い無防備な花だ。

椿が潜ませる見えない棘に傷つけられ、容易《たやす》く倒れて枯れるようではこの先が思いやられる。辛酸を嘗《な》めながらも咲き誇り、落ちてなお咲く椿のように、薔もまた、自力で立ち直って逞《たくま》しく咲かなければならない。

所詮《しょせん》椿は決定的に西王子家を裏切ることができない生半可な障り所であり、椿に負けているようでは、学園の外で待ち受ける本物の敵に打ち勝つことなどできないだろう。

「お前は俺に、姫をどうしろと言いたいんだ？」

「薔と切り離してあげてください。椿さん以外にも信用できる隊員はいるはずです。あの二人が意図するしないにかかわらず傷つけ合っている状態は、とても見ていられません」

「見たくないなら見なければいい。言っておくが、薔はそんなに弱い人間じゃない。姫に何をされようと、必ず立ち直って前を向く」

薔の成長を間近で見てきた実の兄に対して、常盤は気後れせずに言い放つ。

自分が見てきた薔は、三歳までの幼児期と十七歳の途中からだ。

それでも自分の方が薔の本質を理解し、誰よりも薔を信じている自負があった。

椿の存在が薔の心を大きく動かすことは想像に難《かた》くないが、そういう刺激はないよりもあった方が遥《はる》かにいい。

薔が他人にあまり興味を持てない人間に育ったことも、同学年の中では労せず常勝できるばかりに競争意識が希薄なのも、劣等感を覚えることもなく生きてきたのも間違いなく、自分と椿が薔に与える苛烈《かれつ》な感情はすべて、貴重な経験になると考えている。

「まさか……わざと？　獅子《しし》の子落としのつもりですか？」

「お前もまだ知らないだろうが、世間に出れば二枚じゃ済まない数の舌を使《つか》い熟《こな》す人間がいる。何より外には女がいる。姫の陰険さに慣れておけば、女の涙や巧みな嘘《うそ》に引っかき回されて痛い目を見ることもないだろう」

「椿さんを陰険だなんて言わないでください。貴方にあの人の何がわかるんですか？」

「十分わかっている。清く正しく誰よりも美しく生きることを望みながらも、あまりにも美し過ぎて汚れざるを得なかった麗人だろう？」

常盤の言葉に楓雅は不快感を示し、眉間《みけん》の皺《しわ》を深くする。

意に満たずに感情的になり、すぐさま反論しようとする表情は、いつもの余裕を失って年相応に見えた。

「あの火災から二週間以上経《た》ってるのに、薔は一言も喋《しゃべ》ってないんですよ。左手に何かを握ったまま人前では絶対に拳《こぶし》を開かないし、中等部の頃に戻ったみたいにやたらと素直でおとなしくて。貴方が薔に、『俺が戻るまで入院していろ』と言ったから……その言葉の通りにするために演技をしている可能性は少なからずあると思ってます。でも、もし仮に全部演技だとしても、弱者の振りを続けることは薔のプライドを傷つけます。俺は貴方が一日も早く薔と再会できるよう教祖様を説得しますから……上手《うま》くいった時は、椿さんを使って薔を鍛えるなんて考えずに、徹底的に甘やかして慰めてあげてください」

「お前に言われるまでもない。それに、心配しなくても姫は弱者に鞭打《むちう》つような人間じゃない。薔が舞い上がったり半端なことをしていればへし折りたくもなるだろうが、本気で沈み込んでいれば同情する。そういう奴だ」

「……それは、わかってます」

楓雅はそう言うなり溜《た》め息をつくと、ウェアラブル端末の代わりに嵌めている腕時計を見た。教祖との約束の時間が迫っているのだろう。

今夜の祈禱の義務を放棄して侍従長に任せた教祖は、可愛い次男坊が会いにくるのを、今か今かと心待ちにしているに違いない。

「学園育ちで圧倒的に経験不足の薔に、つらいことも含めて色々経験させようとするのは貴方の教育方針だし、俺が口出しすることじゃないかもしれません。けど……薔のために椿さんを傷つけるのはやめてください。あの人を人間離れした完璧《かんぺき》な存在のように勘違いする人が昔からよくいるんですが、中身は人間らしくて傷つきやすい人です。そばに置く以上は大事にしてあげてください」

楓雅は言うだけ言うと、「失礼します」と一方的に話を切った。

長い脚で階段を一段飛ばしで駆け上がり、瞬《また》く間に上の階へと消えていく。

時間の余裕がなかったのは確かだろうが、それは二の次で、答えを聞きたくなかったのかもしれない——と、そんなふうに思えた。

楓雅が薔の兄として何かを語るのが許せない自分と同じように、彼もまた、椿の恋人として自分以外の男が「大事にする」と答えることも、それ以外の答えを口にすることも許せなかったのだろう。最も欲しい物に関しては、誰しも寛容ではいられない証拠だ。

4

同日、午後九時。私立王鱗《おうりん》学園、西方エリア。

入院十六日目の薔《しょう》は、ベッドに座りながら首を何度も横に振る。

この一週間は一度も求められずに済んでいたのに、今夜の回診では、左手を開くことを医師から執拗《しつよう》に求められた。

「まずは目を瞑《つむ》って、左手に意識を集中するんだ。頭の中で種をイメージしてみようか。種は発芽して、綺麗《きれい》な花を咲かせたがっている。もちろん君だけの花だ。誰も君から花を取り上げたりしないよ。約束する。君の持ち物を取り上げないっていう、院長先生の許可だって取ってあるんだ。だから君は安心して花を咲かせればいい。綺麗に咲いたら花瓶に活《い》けて、君の枕《まくら》元に飾ろう」

中年の医師は、要するに「左手を開いて握っている物を見せろ。無理に没収はしないと約束するから、とにかく開け」と言っているわけだが、薔は頑《かたく》なに拒んだ。

目を瞑れと言われてもその通りにはせず、常盤《ときわ》のネクタイピンを握り締めた手を背中に回して隠す。さらには、「嫌だ」と言わんばかりの目で医師を睨《にら》んだ。

抵抗が露骨だったせいか、彼は太い眉《まゆ》をぴくっと寄せる。

回診に来た医師は二人いて、もう一人は研修医のように見えた。

ベテラン医師は院長に急《せ》かされているのかもしれないが、若い医師が横で見ているからこそ余計に、功成り名遂げようとしているのかもしれない。

「長期間動かさずに同じ形を取り続けたら、手の運動機能が低下してしまうよ。入院して寝たきりになると、脚が棒のように細くなって思うように歩けないこともある。手だって同じことだよ。体や脚のためにリハビリ室でウォーキングやランニングを始めただろう？君は贔屓生《ひいきせい》になる前は剣道部のエースで、運動神経抜群だそうじゃないか。その頃の強い自分をイメージしながら、ちょっと頑張ってみないか？　その拳《こぶし》が開いた時、誰もが君を褒めるよ。誰も叱《しか》らないし、何も取り上げない。声だってきっと元通りになるさ」

理由はどうあれ医師が自分のために頑張ってくれていることに対して、薔は申し訳ない気持ちになる。

彼は彼で果たさなければならない仕事があり、成果を上げられないことで、上に厳しく言われたり周囲からの評価を落としたり、困っているのかもしれない。

しかし情に流されるわけにはいかなかった。一番大切な人と一緒にいるために、常盤を学園に戻すために、そして常盤が守ろうとしてくれたものを守るために、今自分ができることは一つしかない。「薔には兄のサポートが必要だ」という、楓雅《ふうが》が予定している進言を教祖が聞き入れてくれることを祈りながら、その進言に必然性を持たせることだ。

薔は頑なに首を横に振り、背中に回した拳をさらに奥に隠す仕草を見せる。

こうするしかないのだ。

薔が左手にネクタイピンを握り続けていることには、四つの理由がある。

蘇芳《すほう》が火達磨《ひだるま》になった原因が、神子《みこ》に暴力を振るったことによる天罰だと気づかれないようにするためには、蘇芳に負わされた掌《てのひら》の火傷《やけど》を隠さなければならなかった。

まずそれが一つ目で、二つ目の理由も、神子であることを知られないためのものだ。掌の火傷を医療関係者に見られて治療を受けると、神子ならではの治癒力の高さにあと気づかれる危険がある。

神子だと疑われないためには、どうあってもこの火傷を隠し通す必要があった。

それだけなら拳を握り続けるのみでよかったが、病院に運び込まれた時点で、緋襦袢《ひじゅばん》の袂《たもと》に常盤のネクタイピンを忍ばせていたことと、発声障害だけでは、儀式から逃れたくて仮病を使っていると疑われる可能性があったため……左手に何かを握ったまま開かないという、発声障害以外の異常も付け加えるべきだと思いついた。

神子であることと、ネクタイピンを隠すため、そして常盤に言われた通り入院し続けるために、薔はどんなに手が痛くても耐え、人前では決して拳を開かないよう細心の注意を払ってきた。

「よし、そこまで堅い種なら私が発芽の手伝いをしてあげよう」

医師は口調こそ穏やかだったが、余程我慢ならなかったのか身を乗りだしてくる。やや恰幅《かっぷく》のよい彼は、薔の右肩をぐわりと摑《つか》むと、背中に回した拳に向かって思いきり手を伸ばしてきた。

「……ゥ、ウゥ――ッ！」

医師に手首を摑まれてしまった薔は、まともな声を出さないよう気をつけながら、誰が聞いても異常性を感じるような呻《うめ》き声を出す。

正常な時には働くリミットが機能していないことを示すため、大人の男に拮抗《きっこう》する力を出して左腕を振るい、両足を激しくばたつかせて無遠慮に医師の体を蹴《け》った。

「つ、うう、こら、少し我慢しなさい！　君を元気にするためなんだ！」

「ウウゥウッ！　ギィイ――ッ!!」

ベッドの柵《さく》に手足をぶつけることも気にせず、薔は見境なしに暴れて奇声を上げる。

ここまで酷《ひど》くはなかったが、杏樹《あんじゅ》の前で常盤と椿《つばき》に押さえつけられた時も、似たような演技をした。常盤に傷を負わせたあの時に比べれば遥《はる》かにましな状況のはずなのに、心の病を装うのは難しく、そして胸が苦しく、やればやるほど自分が情けなくなる。

「君がつらい目に遭ったのはわかる！　だが我々もつらいんだ！　君のことを大勢の人が心配してる！　教祖様や院長を始め、君が懐いてるキングも椿隊長代理も、君の友達も、皆が君の回復を願ってるんだ！」

方向性を変えたのか、ベテラン医師は熱血漢のように声を上げる。

薔の手首を摑んだまま、若い医師に「押さえつけろ！」と、怒号混じりに命じた。

しかし若い医師は、薔の奇声に慄《おのの》いて足を竦《すく》ませている。

しばらくしてようやく動いたかと思うと、薔ではなく医師の腕を押さえつけた。

「医長、それ以上はやめてください。院長から、くれぐれも丁重に扱うようにと……」

「――ッ！」

拳に触れられたら思いきり咬《か》みついてやろうと思っていた薔は、突如拘束を緩められ、反動でベッドマットに投げだされる。大きな音を立てて頭を打ちつけた先が金属製の柵に近かったせいか、二人の医師は血相を変えて飛びついてきた。

「大丈夫ですか⁉」

実際に頭を打ったのはマットの際であり、なんら問題はなかったにもかかわらず、若い医師はさらにもう一度「大丈夫ですか⁉」と声をかけてくる。

いくら贔屓生が相手とはいえ、通常なら医師から敬語で話しかけられることはない。

医師達に自分の出自を知られているのだろうかと、不意に疑問が湧《わ》いた。

生徒及び学生の出自は学園長でさえ知らないトップシークレットのはずだが、医師達の自分への接し方には、これまでも過度の遠慮があるように思えたからだ。もしかしたら、教祖の弟である院長を通じて、南条《なんじょう》家の医師に個人情報が洩《も》れているのかもしれない。

──俺が西王子《さいおうじ》家の次男だってこと……知ってるのか？

結局どうなのかわからないまま、薔は異常性を示すためにフゥーフゥーと手負いの獣のように激しく息をつき、彼らは「大丈夫だよ」「悪かったね、もう何もしないよ」といった趣旨の言葉を、何度も口にしながら出ていった。


興奮したせいで眠れなかった薔は、午後十時を過ぎてから眠るのを諦《あきら》め、病室内にあるバスルームに向かった。脱衣所の姿見の前で寝間着を脱いで下着一枚になると、脛《すね》や肩が赤くなっているのがわかる。

触れなければ痛みを感じない程度だったが、赤い右肩を見た途端、薔は朧《おぼろ》彫《ぼ》りのことを思いだした。

右肩の背中側には、幼い時に常盤が彫った西王子家門外不出の刺青《いれずみ》がある。

平常時はまるで見えず、体温や皮膚表面の温度が上がった時にのみ浮かび上がる物で、薔の右肩には、彫師に技法を教わった少年期の常盤が彫ったTという文字が、白で小さく刻み込まれている。

──常盤の弟である証《あか》し……俺の本名、椿のT……。

成長した弟を確実に見つけられるように、常盤が念には念を入れて彫った文字。

自分にとって大切なそれを久しぶりに見てみたくなった薔は、姿見に背を向けて左手を開き始めた。ネクタイピンを握り続けていることがつらい時期もあったが、最近はそれが当たり前になったのか、手指を広げたいという願望も薄れてきている。

拳を開く際は関節が軋《きし》むため、指を一本一本丁寧に剝《は》がしていった。

人目のない所で手やネクタイピンを時々洗っているものの、何時間も握り続けたあとに開くと、金属が掌の皮膚に癒着しているような感覚がある。

実際のところ汗で張りつき、手を開いてもすぐには落ちない有り様だった。

蘇芳に煙草を押しつけられて負った火傷は案の定すっかり治っていて、ネクタイピンの横に赤い円が見える程度になっている。

その円とようやく離れて手から抜け落ちそうになったネクタイピンを、薔は同じ左手の指で透かさず摘《つ》まんだ。

生温かく細い金属をチョークのように持ち直し、自分の右肩に向ける。

そこにあるTの文字は、常盤の背中に彫られている黒龍と比べて完成度が低いうえに、白ということもあって容易には現れない。

熱い湯に浸《つ》かって激しく叩《たた》いて刺激して、微《かす》かに見えるかどうかというそれを今すぐに見るため、薔は常盤のネクタイピンを右肩に当てる。

「──ッ、ウ……」

文字が自分の肌のどこに浮かぶか、目に見えそうなくらい正確に記憶していた。

肌を傷つけないよう角の取れた部分を使いながら、まだ見えない文字をなぞる。

すぐ下は骨なので圧迫すると痛かったが、我慢して何度か繰り返すうちに肌が真っ赤に染まった。太く赤いTの文字の内側に、白く細いTの文字が現れる。

――見えた……常盤が彫った俺のイニシアル……。

常盤と自分を結びつける血の絆《きずな》が、今は文字の形を取って誇らしく主張していた。

二人が引き裂かれた悲しみの証しでもあるが、とても愛《いと》しく、大切な印だ。

少年時代の常盤の残涙にも等しいこの彫り物には、彼が流した別れの涙と、再会を誓った決意の涙が染み込んでいるのだろうか。それとも、常盤が燃やし続けた愛と執着によって焼きつけられた、熱傷と捉《とら》えるべきか――。

「……っ、あ……」

常盤が一彫り一彫り想いを籠《こ》めて彫った文字を見ていると、そこに触れる常盤の指先や唇の感触が蘇《よみがえ》った。

幼い頃、母親のように優しく面倒見のよい兄だった常盤は、その頃の純然たる優しさを残したままに、今は色めいた触れ方をしてくる。

兄弟の証しが潜む右肩にキスをしながら、動じることなく情欲を向けてくれた。

いきり立つ欲望が腰に触れると、ああ……ちゃんとそういう意味で愛されているんだと実感できて、心臓が大きく脈打つのを止められなくなる。

ふつふつと沸騰しているみたいに熱い血が体を巡り、恥ずかしいくらい顔が火照《ほて》って、抱かれると心も体も喜び勇み、たまらなく気持ちがよくて、幸せで——。

「……ふ……ぅ」

左手に常盤のネクタイピンを握ったまま、薔は右手を下着に近づける。

勝手に兆してしまった性器に布の上から触れて、常盤の手つきを意識した。

以前は自慰行為に対して後ろめたい気持ちがあり、シャワーを浴びて落ち着かせたり、さっさと済ませて罪悪感から早く逃れようとしていたものだが、今はまったく違う。

常盤と過ごした大切な時間を蘇らせる行為として、体が求めるままに手を動かして……常盤と二人だけの淫夢《いんむ》に溺《おぼ》れた。

本当に常盤の気配を感じられる時もあり、終わったあとも虚《むな》しいとは感じない。

今この時間、常盤が教団本部で何をしているのかはわからないが……時には同じように淫夢に浸ってほしいと思う。

今この時でなくてもいいから、時を超えて、場所を越えて、背中の黒龍が浮かび上がるほど体を熱くしながら、淫《みだ》らな夢を見てほしい。

——お互いの夢を繋《つな》げて……その中で、抱かれてたり、抱いてたり……本当に、してるみたいな臨場感で……こうやって……。

下着を内側から突き上げる屹立《きつりつ》から、温《ぬる》い雫《しずく》がじわりと染みだしてくる。

それは伸縮性のある生地の目を通り抜け、薔の右手を少しずつ濡《ぬ》らしていった。

最初は滑らかに動かすことができていた手が、摩擦により引っかかる。

もどかしくて、わざと焦《じ》らされている時の感覚を思いだした。

思うようにいかないことによって、自分の手だという意識が薄らぐ。

「……っ、ん……ぁ……」

薔は鏡に向かい、左手の拳を鏡面に当てながら背中を反らした。

鏡の中に常盤の姿が見える。

男の艶色《えんしょく》に満ちた、甘い微笑《ほほえ》みを湛《たた》えていた。

隊服でもなく、和服でもなく、全裸で後ろに立って覆《おお》い被《かぶ》さってくる。

隆々たる筋肉と、それらが描きだす陰影が見事だった。

芸術的な彫刻に見入るように、薔は常盤の体を凝視する。

そこまでしても、鏡の中の幻影が消えることはなかった。

――発声障害は……三日目には治ったし……拳が開かないのも嘘《うそ》だけど、本当は完全に正常でもないのかもしれない。だってこんなに、こんなにくっきり……。

幻の常盤が、右肩にキスをしてくる。

握りきれていなかったネクタイピンが鏡に当たって、カチンと鳴った。

鏡は冷たく、常盤の唇は熱い。

現実の音と感触、妄想のビジョン――区別はついているのに、常盤の唇が触れた右肩に熱が籠もる。たとえ幻でもいい、嘘でもいい。心の病気でも構わないから、今はこのまま奇跡の夢を維持していたい。

――常盤……っ、ぁ……！

下着の中に手を忍ばせた薔は、先端から滴るぬめりを指に絡《から》めた。

常盤の手だと思い込むと、鏡の中の彼の手が動きだす。

薔の手の甲に触れた常盤は、大きな手でリードしてくれた。

性器に直接触れているのは薔の手に違いなかったが、動きを制しているのは常盤だ。

鏡の中で艶《つや》っぽく笑った彼は、後ろから耳を齧《かじ》ってくる。

上下の唇で強めに挟んだり、軽く歯を立てたり。そして、「薔……」と囁《ささや》いてくれた。

「は、ぁ……あ、ぁ……」

幻聴なんかじゃない――強くそう思った。耳に吐息の感触がある。

ここに彼がいないことくらいわかっているけれど、でもきっと……望み通り淫らな夢が結びついている。

現にこうして鏡の中に現れる常盤は、薔が「口でしたい」と強請《ねだ》ると、本物の彼と同じように「また今度な」と返してきた。

ただの妄想ではなく、もっとリアルなものを感じる。

神は天に現存するのだから、神の愛妾《あいしょう》の自分の身に不思議な現象が起きてもおかしくはない。もしも誰かが病だと言いきるなら否定はしないが、これは今の自分にとって必要な症状だ。治る特効薬があっても、投与したりしないでほしい。

──常盤……俺は、常盤の夢ばかり見てるよ……寝ても覚めてもって感じだ。自分でも呆《あき》れるくらい、抱かれる夢ばかり見るんだ。旅行に行く夢とかも見るけど、それはほんの少しで、ほとんどは……こういう夢を見てる……。

性器に触れてぬるついた手を、薔は尻《しり》の方へと持っていく。

そうすると常盤の手もついてきて、手首を摑んでリードしてくれた。

きゅっと閉じていた後孔に二本の指を当て、少しばかりの抵抗を搔《か》い潜《くぐ》る。

「ん、う……ぅ」

中を弄《いじ》ると、性器で得られる快感とは比べものにならないほど意識を囚《とら》われた。

常盤との情交を生々しく感じる。いつも通り指や舌で、丁寧に解《ほぐ》される感覚だった。

ねっとりと濡れた指が、奥へ奥へと入っていく。

「……ふ、あ……あぁ……っ」

四月までは何も知らない体だったのに、常盤によって無理やり抉《こ》じ開けられ、それから毎月十日に優しく抱かれ、愛されて──自分の体が大きく変化したのを感じる。

未熟な蕾《つぼみ》が綻《ほころ》んで花開くように、この体は大人になった。

快楽を知り、抱かれる悦《よろこ》びを知って……挙げ句の果てに、抱かれずにはいられないほど淫らになった。

──常盤……っ、もう、来てくれ……奥に……！

指では届かない所を、硬く張り詰めた物で貫かれたい。

それが無理なら、せめて常盤の雄に手で触れて……あの脈動を感じたかった。

ドクドクと脈打つ彼の分身は、蕾が強く握ると反発し、筋が硬く浮き上がる。

思い起こしても威圧的な凶器のようで、あんなに大きく硬い物が自分の体に入るなんて嘘のようだった。

そのうえ中に深く収めるとますます膨れ上がることがあり、肉の洞が内側から無理やり拡げられてしまう。

「く、う……あぁ……！」

蕾は腰に回した右手を大きく動かし、挿入していた指を一本増やす。

肉の窄《すぼ》まりに負けて指はすぐさま一纏《ひとまと》めにされてしまうが、指先に力を籠めて、できる限り離すことで常盤の猛《たけ》りに近づけた。

「──常盤……！」

鏡の中の常盤が、「蕾……」と低い声で囁いてくる。

薔の腰は常盤の両手で摑まれ、真後ろに立つ常盤は腰を押しつけてきた。

いつものように深くはなかったが、前立腺《ぜんりつせん》を硬い物で刺激され、そこばかりを重点的に押し解される。

「あ、あぁ……っ、ぁ……！」

尻のみを剝《む》きだしにしていた薔は、下着を突っ張らせる性器に左手を寄せた。

ネクタイピンを握ったまま布越しに屹立を摑むと、またしても耳を食《は》まれる。

常盤は意地悪く笑って、「そこを弄らないと達《い》けないのか？」と訊《き》いてきた。

――そんなこと、ない……達けるよ……もう、後ろだけで、達ける……。

濡れた下着から左手をわずかに離した薔は、鏡の中の常盤を見つめる。

確かに目が合い、腰を両手で摑まれたまま奥を突き上げられた。

「常盤……っ、あ……！」

腰に当たっている常盤の左手は、古い火傷のせいで右手とは感触が違う。

そんなことまで肌で感じられるのに、振り返ったら彼はそこにいないだろう。

わかっているのに振り向きたくなる。貪《むさぼ》るようにキスをしたくてたまらなくて……でもそれ以上に別れたくない気持ちが強かった薔は、我慢して振り返らなかった。

このまま繋がっていたくて、額を鏡面に押し当てる。

「――ん、ぅ……あぁ――っ！」

三本の指を体内で激しく動かした薔は、下着の内側に射精した。

濡れて重くなっていた下着が一層重くなり、隙間《すきま》から流れ落ちた白い物が床を汚す。

ボタボタと降り注いだ物を見下ろしながら、薔はそれを常盤の物だと錯覚した。

いつものように自分の後孔の奥に出された物が、溢《あふ》れて腿《もも》を伝い落ちたのだ。

——違う……そうじゃないけど、でも……そう思いたい……。

いっそのこと、完全に気がおかしくなれたら楽なのかもしれない。けれどそうなってはいけない。

自分を手放さず、泣きもせず、演じ続けることが今の自分にできる最善策だ。

常盤はきっと、椿から病状を伝え聞いても動じたりはしなかっただろう。

心配する以上に、彼は自分が育てた弟の強さを信じているはずだ。

だから泣いてはいけない。おかしくなってもいけない。

常盤の思い通り事が運ぶよう、神子として祈りながら待っていよう。

「……う、ん……」

後孔から指を抜き取った薔は、そのまま下着を脱いだ。

全裸になって床や手を拭いてから鏡を見ると、そこにはもう常盤の姿はない。

回線を切るように心の繋がりを切断された気がして、先程まで愛しかった鏡が見たくもない物になる。

目頭が熱くなって込み上げるものがあったが、唇を引き結んで泣くのをこらえた。淋《さび》しくて、おとなしくしているのがつらくて……思いきり声を張り上げて走りだしたくなる。できることなら意味もなく、「ウワァァァ——ッ!!」と腹の底から叫びたい。

あらゆる衝動を抑え込んだ薔は、バスルームの扉を開けて熱めの湯を出した。

何も喋《しゃべ》れないよう顔面にシャワーを当てて、押し黙って息まで殺す。

——今日は八月二十五日。最後に龍神を降ろしたのは、七月三十日……。

左手の中にある常盤のネクタイピン……これを手に入れた日の記憶を糧に、薔は再会の日を待ち侘《わ》びた。

龍神の愛妾という立場の神子は、定期的に龍神を降ろして妾《めかけ》としての役目を果たさねばならず、長期間その義務を放棄した神子は天罰によって殺されてしまう。

神の愛情と気分次第なので厳密に何日と決まっているわけではないが、安全のためには一月《ひとつき》空けずに降龍を済ませるのが無難であり、常盤もそのつもりで、八月二十八日の読《どっ》経《きょう》コンクールの隙に乗じて潜り込むと言っていた。

——あと三日……あと三日で、常盤に会える。

薔は何もかも上手くいくことを祈りながら、常盤のネクタイピンに口づける。

妙に冷たく感じて、シャワーを浴びている体にまで冷感を覚えた。

5

同日、午後十一時。教団本部ビル三十五階。

降龍《こうりゅう》の儀が終わる時間よりも早く部屋を出た常盤《ときわ》は、西王子《さいおうじ》家のフロアを突っ切る。

迎えの際は送りの時ほど仰々しい恰好《かっこう》をする必要はないため、礼服や礼帽は着用せず、通常服の間服《あいふく》を着ている。

裾《すそ》が長く畏《かしこ》まった礼服とは異なり、一般のスーツにやや近いシンプルな物だ。

儀式後の紫苑《しおん》は支えなければ歩けない場合もあるので、迎えの際はいくらか動きやすい通常服に着替えることにしていた。

西王子家のフロアのエントランスでは、エレベーターホールに続く通路を左右から囲む恰好で十人の男達が控えている。常盤の行動を予《あらかじ》め読んで見送りのために並んだ彼らは、低く太い声で「行ってらっしゃいませ」と声を揃《そろ》えた。

早速エレベーターを呼んだ男が、開いたドアを押さえて待っている。

常盤は御三家の嫡男《ちゃくなん》として威風堂々と歩き、無言のままエレベーターに乗り込んだ。

上階のボタンはすべて非アクティブになっているが、生体認証デバイスとパスワードを利用した限定解除操作を行うと、全フロアがアクティブに変わる。

正侍従代理の常盤は、アポイントなしに降龍殿にも教祖や神子のフロアにも、南条家《なんじょう》や北蔵家《きたくら》のフロアにも行くことができるが、それらすべてに守衛数名と受付担当者を配するエントランスロビーがあるため、明確な理由なく足を踏み入れることはできない。

四十一階の降龍殿に向かうボタンを押した常盤だったが、しかしエレベーターは途中で停止する。

電光掲示板の数字を見ると、嫌な予感しかしなかった。

三十九階──紫苑を除く神子《みこ》十二人のうち、上位六人が暮らすフロアだ。

エレベーターのドアは静かに開き、真っ先に銀色の長い髪が目に留まる。

なんとも異様な光景だった。

私服姿の神子達が、待ち構えるように前後二列で並んでいる。

三十八階で暮らす神子も含め、十一人……一人足りないが、神の愛妾《あいしょう》だけあって目を惹《ひ》く美男ばかりが揃っていた。

髪の色から目の色、顔立ちや体格まで好みに合わせて選《よ》り取《ど》り見取りといった風情で、文字通り神がかり的な高水準の最高級ボーイズクラブの扉を開けた気分になる。

彼らがエレベーターに乗りたくて待っていたわけではないことは、服装や表情を始め、前列五人、後列六人という立ち方からも察しがついた。

「御機嫌よう、常盤様」

「──神子様方には御機嫌麗しく。珍しいこともあるものですね……皆様お揃いで上階に向かわれるのですか？」

常盤はエレベーターのドアを開いたままにしたが、そうするまでもなく外側からドアを押さえられ、さらにボタンも押される。やはり乗り込む気はないらしく、むしろ「降りてきなさい」と言わんばかりな顔で見上げられた。

「降龍殿に行くわけでも教祖様の所に行くわけでもありません。貴方《あなた》が上がってくるのを皆で心待ちにしていたんですよ」

「私に何か御用でしょうか？」

「常盤様ったら……神子の私達がお待ちしていたと言ってるのに、エレベーターの中から話しかけるなんて、さすがに失礼ではありませんか？」

「……申し訳ございません。大変失礼致しました」

前列中央にいた銀了《ぎんりょう》に咎《とが》められ、常盤はフロアに降りざるを得なくなる。

腹立たしいが、向こうが正しいのはわかっていた。

教祖にならない限り、神子より上に立つことはできない。

御三家の嫡男でも礼を尽くさねばならず、顎《あご》で使われても文句は言えないのだ。

「今夜は教祖様がお忙しいので、貴方と遊ぶチャンスなんです。何しろほら、私は滅多にこのフロアにはいませんし、貴方と二人きりになるのを禁じられているものだから」

教祖の愛人であり、紫苑の同級生でもある銀了は、現代人としては特異なほど長い銀の髪を手の甲で流す。

確かに美しい髪を持つ美男だったが、露骨なナルシシズムや、教祖の愛人という立場を殊更に強調して図に乗っている態度は、常盤を萎《な》えさせるばかりだった。

虎《とら》の威を借る狐《きつね》そのもので、顔つきもどことなく狐に似ている。

「教祖様は鷹揚《おうよう》に見えて意外と心配性なんですよ。常盤様のように若くてお背が高くて、人形みたいに整った綺麗《きれい》な方を見ることで神子が喜ぶのはいいけれど、皆があまりにふわふわし過ぎて儀式が嫌になったら困るって、心配していらっしゃるみたい。それで貴方が望むまま紫苑を任せることにしたわけです。何しろ紫苑は……教団を裏切って陰神子になってまで恋を貫いたくらいですから、貴方に優しくされても靡《なび》かないでしょう?」

思わず殴りたくなるような顔で、銀了はくすくすと笑った。

恋人に裏切られ、孤独に生きる紫苑の心に隙《すき》があることなど知り尽くしている様子で、紫苑の苦しみをなんの躊躇《ためら》いもなく愉《たの》しんでいるのがわかる。

「そういうわけで、貴方と遊べる機会を大事にしたいんです。今夜はここで私達の相手をしてください。竜虎《りゅうこ》隊の詰所では、よくビリヤードをするそうですね。常盤様はとてもお強いとか。是非素敵なショットを見せてください。それとヤクザさんらしく花札も得意だとか? そうそう、最近麻雀《マージャン》に嵌《は》まってるんです。朝まで一緒に愉しみましょう」

「銀了様……麗しく貴い神子様方とご一緒できるのは大変光栄なのですが、私はこれから降龍殿に行かなければなりません。儀式に関わる大切な御役目ですので、今夜のところはご理解いただけましたら幸いです」

「まあ、びっくりしました。まさか断られるなんて」

「後日また改めて、皆様のご都合がよろしい時にお誘いいただけないでしょうか？」

常盤は銀了を怒らせないよう、自分の本来の話し方や表情を極力抑えて、物腰柔らかに許しを請う。

今頃つらい儀式に耐えている紫苑のことを考えると、目の前でわざとらしく揺らされる銀了の髪を鷲摑《わしづか》みにして引き倒してやりたいくらいだったが、ひたすらこらえ、穏やかな微笑《ほほえ》みなど湛《たた》えてみせる。

背後にあったエレベーターは疾《と》うに四十一階に向かってしまったが、どうにかもう一度乗って、儀式が終わるまでに紫苑を迎えにいかねばならない。

「常盤様、貴方の今夜のお仕事はすでに完了しています。強《し》いて言えば私達を満足させる大事な御役目が残っているだけ。何しろ紫苑はもう、地下の自室に戻っていますから」

「……っ、それはどういうことですか？」

「やっぱりご存じなかったんですね。普通なら連絡が入るはずでしょうに、どこかで伝達ミスでもあったのやら……」

思わせぶりに言った銀了は、「立ち話もなんですから、サロンにいらして」と誘うなり、常盤の手首を引っ摑む。

そのまま踵《きびす》を返すと、フロアの中心に作られた広々とした空間に向かって歩いた。

──紫苑様がもう部屋に戻ったって、どういうことだ？　伝達ミスとやらが仕組まれたことだとしても、伝達するような何かが起きたのか？　儀式が中止になった？

銀了の手を振り解《ほど》きたくてもそれができない立場の常盤は、プレイルームと呼んだ方が相応《ふさわ》しいサロンに連れていかれる。

竜虎隊詰所のサロンは、バーカウンターやビリヤード台、ポーカーテーブルや革張りのソファーを配した大人の社交場だが、ここのサロンは子供の遊び場のようだった。

詰所と同じ物を備えていても、さらに余計な物が無秩序に置かれているため、品がなく散らかって見える。

上質で重厚感のある猫脚のビリヤード台の近くに、最新式の白い全自動麻雀卓があり、その横にはジムに置くべきウォーキングマシンと卓球台が置かれていた。

さらに奥の壁の前には、多種多様なアーケードゲームの筐体《きょうたい》が並んでいる。

高価なソファーもあるものの、実際に愛用されているのは毛足の長いラグの上のビーズクッションのソファーで、普段の彼らがどんなにだらしない恰好で時間を潰《つぶ》しているか、目に見えるようだった。

——神聖なはずの神子が、酷《ひど》い有り様だな。十年近くも囚《とら》われて自由がないのは憐《あわ》れに思うが、だからといって怠惰に過ごす理由にはならない。

教団本部の神子については叔父の於呂島《おろしま》から聞いていたが、百聞は一見に如《し》かずだと、改めて思う。地位以前に狂信者を演じている関係で神子を敬わねばならない身としては、いっそのこと何か感心できる事柄でそう思わせてほしかった。

「銀了様、紫苑様がお部屋に戻られているという話は本当ですか？」

常盤は手を引かれるまま革張りのソファーの前に立ち、着席を勧められても座らずに問いかける。すると間髪入れずに、「お座りなさい」と命じられた。

仕方なく座るが、常識で考えれば正面か斜め前の席に着くべき銀了は、常盤の腕に手を回しながら左隣に座る。まるで恋人同士のような座り方だった。

銀了以外の十人の神子もついてきて、右隣や斜め前、正面の席を埋めていく。

本当にボーイズクラブさながらで、ハーレムを享受する遊客のような扱いが、常盤にはたまらなく不快だった。

「恐れながらもう少し離れていただけませんか？　神子様方のおそばにいることで幸運を得られるのはありがたいのですが、上の御方の御不興を買ってしまいそうです」

「ご心配なく。今夜の教祖様は上機嫌で、何があっても許してくれます。私達の間で何が起きるわけでもありませんけれど」

そう言ってますます身を寄せてくる銀了の顔を、常盤はじっと見つめ返す。嫌悪感を露《あらわ》にするわけにはいかないが、あえて眼力を籠《こ》めて瞬きすらしなかった。

穴が開きそうなほど……と表現するに相応しい見つめ方をした結果、銀了は遂《つい》に折れて恥じらいを見せ、視線を逸《そ》らす。常盤の腕を完全には解放しないものの、いくらか緩め、尻《しり》をわずかに浮かせて座る位置を変えた。

「私はただ、紫苑が独占している貴方とたまには少し遊びたいと思っただけです。貴方が教団本部に来ると聞いてそれはそれは楽しみにしていたのに……貴方は西王子一族出身の神子よりも紫苑のことばかり気にして、なんだかおかしくありません？」

「紫苑様の儀式の回数が少なければ、皆様のお相手をする時間も取れるのですが」

「ほらそうやってまた紫苑を庇《かば》う。あの子は学園にいた頃、とってもお堅い監督生で私に意地悪ばかりしたんですよ。特に贔屓《ひいき》生になってからの意地悪は陰湿なものでした」

「それは初耳ですね。どのようなことがありましたか？」

「私が二日間ろくに寝ないで……それはもう本当に丁寧に改造した制服の白いパンツを、校則違反だと言って体育の授業の時に没収したんです。その代わりに自分の黒いパンツを差しだしてきて、さも親切ぶった顔をしていましたけれど……白いパンツは贔屓生だけの物ですから、代わりに黒を差しだすのは私に対して失礼です。まるで『お前は贔屓生には向いてない』とでも言われたみたいで不愉快でした」

銀了はさらに話を続け、真面目《まじめ》過ぎただけとしか思えない過去の紫苑の言動すべてに悪意があると決めつけて、次第に感情を露にしていった。

常盤は基本的には銀了の顔を見ながら黙って聞いていたが、隙を見て他の神子にも目を向け、彼らの心境を察する。どの神子も、「またその話か……」とうんざりしているのが、苦笑混じりの表情から窺《うかが》い知れた。

「それは大変でしたね、さぞやおつらかったことでしょう」

「わかってくださいますか？　特に制服のパンツの件は許せません。手縫いで一針一針、それはもうミシンで縫ったみたいに丁寧に仕上げた物だったんですよ」

「お察し致します。そのような因縁があったにもかかわらず、とても香りのよい入浴剤をサプライズでお贈りになるなんて……銀了様は寛大でいらっしゃるのですね」

常盤が無表情で淡々と返すと、銀了は一瞬ばつの悪い顔をする。

しかし負けじと顎を上げ、「いい色だったでしょう？」と気丈に返してきた。

「まるで血のような色でしたね」

「ワイン入りの高級品を、一度に三袋も入れましたから。自業自得とはいえ紫苑は確かに儀式の回数が多くて大変でしょうし……酒浸りでお肌も荒れ気味でしょう？　美肌効果の高いワイン風呂《ぶろ》で、ゆっくり寛《くつろ》いでもらおうと思ったんです」

飄々《ひょうひょう》と語った銀了は、「私の愛用品なんですよ」と笑う。

何もかも承知のうえでやっている人間に対し、紫苑の苦しさを訴えても意味がないのはわかっていたが、腹の虫が納まらない思いだった。見た目ばかり美しくて心根の醜い者を神子にした龍神や、愛人にして増長させた教祖にまで怒りを覚える。

「紫苑様はすでにお部屋に戻られたとのことですが、銀了様がお贈りになった入浴剤と、何か関係があるのでしょうか？」

本題に入ろうとした常盤に対し、紫苑は「何故そう思うんですか？」と訊《き》いてくる。

「恐れながら、紫苑様はあのように上質な品を普段はお使いになられていませんので……芳醇《ほうじゅん》な香りに中《あ》てられてしまったのではないかと心配になりました」

「まあ酷い、私のせいだと仰《おっしゃ》りたいんですか？　確かに紫苑は体調を悪くして、降龍殿でリバースしたそうですけれど、私には一切関係ありません」

「――ッ……リバース？」

「憑坐《よりまし》の面前で吐いたそうですよ。まったく、神聖な降龍殿をなんだと思ってるんだか。昨日今日神子になった若い子じゃあるまいし、大ベテランが急にどうしたんでしょうね？何か心境の変化があったのやら……常盤様、お心当たりはありますか？」

銀了の表情にはきっぱりと、本当に言いたい言葉が浮かび上がっていた。

私が仕込んだ赤い入浴剤のせいではなく、貴方が紫苑に恋情を抱かせたせいで、紫苑は儀式がつらくなり、吐き戻したのだ――と、満足げに微笑みながら責めてくる。

――紫苑様が早々に部屋に戻ったのは、体調不良で儀式を免除されたからか？　だから神子が一人足りないのか……。

常盤は銀了と話している間に、足りない神子が杏樹《あんじゅ》であることに気づいていた。元陰神子の紫苑が不測の事態に陥れば、最年少で、なおかつ御三家本家の神子ではない杏樹に御鉢が回る。誰かが代わってくれない限り、逃れることはできないはずだ。

「心当たりですか？　長年積もり積もったストレスによるものかもしれませんね」

「責任転嫁はおやめになったら？　紫苑の目に、貴方は絵本から出てきた王子様のように映ったことでしょう。馬に跨《また が》っていなくても、貴方は白馬の王子様なんですよ。もちろん黒馬でもいいんですけどね」

「銀了様の仰る通りでしたら、なおさら早くお見舞いに上がらなければなりません」

「何故そうなるんだか。もうお会いにならない方がいいと言ってるんです」

「それは仕儀によって改めて考えます。まずはお見舞いを」

常盤がソファーから立ち上がると、腕を回していた銀了も一緒になって立ち上がる。手を放してもらえず、かといって振り払うこともできないまま、常盤はエレベーターのあるエントランスロビーに向かおうとした。

「しばらくこのフロアにエレベーターが停まらないよう、制限をかけました。階段の扉も同様に、内側から開かないようにしてあります」

「——何故そこまでなさるのですか？」

「貴方と遊びたいからです。最初からそう言ってるじゃありませんか。教団一と謳《うた》われる美貌《びぼう》の御曹司を前にして、指をくわえて見ているだけなんてもうたくさん。教祖様が私を自由にしておく夜なんて滅多にないんですから」

「銀了様、お気持ちはありがたいのですが、紫苑様のお世話をすることは、神と教団から与えられた私の職務です。お見舞いに伺って紫苑様が落ち着かれているようでしたら再度こちらに参りますので、何卒《なにとぞ》ご容赦ください」

銀了に腕を摑まれ、神子の輪に囲まれて身動きが取れない常盤は、深々と一礼する。

すると輪の中から同時に三人、西王子家の分家出身の神子達が進みでてきた。

「銀了様、常盤様にも事情がおありでしょうし……」

「それに、お見舞いが終わってからの方が遊びも楽しいかと」

「常盤様は責任感の強い御方なんです。どうか、お聞き入れを……」

西王子家の神子達は揃って銀了に進言するが、しかしその口調や表情は、常盤に対して以上に遠慮がちなものだった。

教祖が溺愛《できあい》する愛人という立場が、わずか十三人の神子で構成される閉ざされた世界の中で、どれほど大きいのかを思い知らされる。

「誰に向かって口を利《き》いているんだか。貴方達は部屋に戻っていなさい」

「銀了様……っ」

「貴方達だけじゃなく、他も全員要《い》らない。今すぐ下がりなさい。どこでも好きな部屋に集まって、負け犬の遠吠《とおぼ》えみたいに私の陰口を叩《たた》けばいい。私を悪し様《あざま》に言うことは教祖様を貶《おとし》めるのと同じだということを承知のうえで、その覚悟があるならね」

銀了は他の十人に向かって言い放つと、片手でぞんざいに払う仕草を見せた。

十人の中には彼より格上であるはずの年長の神子もいるが、まさに十把一絡《じっぱひとから》げの扱いでこの場から引き揚げさせる。

「何故こんなことをなさるのですか?」

二人きりになっても、銀了は常盤の腕を放さなかった。

陰口云々《うんぬん》と言いだすあたり、他の神子にどう思われているかを知っていて、実は周囲が思うほど満ち足りてはいないのかもしれないが——長年に亘《わた》り教祖に愛されてきた身で、いつまでも紫苑を責め苛《さいな》むのは理解し難い話だ。

「貴方も悪いんですよ」

銀了はそう言うと常盤を解放し、ビリヤード台に向かう。

キューケースからキューを取りだすと、「お気に入りのを貸してあげます」と言って差しだしてきた。バット全体に薔薇《ばら》のインレイが施され、真珠の光沢がある阿古屋貝《あこやがい》や、ダイヤモンドが埋め込まれた贅沢《ぜいたく》な品だ。

「貴方は強いでしょうから、皆でカットボールをして二対一で戦えばいい勝負になるかと思っていたんですが、普通にナインボールをやりましょうか。私、意外と強いんですよ。何しろ運に恵まれていますから」

常盤は仕方なくキューを受け取り、艶《つや》やかなメープルバールのグリップを握る。

神子が使うために作られたせいか、装飾過多のキューは見た目のわりに軽量だった。

常盤が愛用しているキューは長身に合わせてカスタマイズした物で、重さも規定の上限近くまである。

「私は何か、銀了様に失礼なことをしてしまいましたか?」

「失礼というよりは、期待外れです。貴方はもっと冷たい人だと思っていたのに、椿姫《つばき》と比べたら名前通り地味な紫苑に、こんなに構うなんて想定外でした。まあ……そのせいで紫苑はより苦しむことになったんでしょうし、目的は果たしましたけど」

「私は紫苑様が地味だとは思いません」

「地味ですよ。野の花レベルでしょう?」

「──あの方と、本当は何があったんですか?」

紫苑に対する嫌がらせを初めて明言した銀了は、先攻後攻を決めるバンキングをせずにナインボールのラックを組み、「十セットマッチで、先攻は私でいいですか? 貴方が先攻だと私は一衝《つ》きもさせてもらえない気がします」と言ってゲームを始めようとした。

「お答えください。何故そんなにも紫苑様を目の敵《かたき》にするんですか？」

常盤が問う中、銀了はブレイクショットを打つためにロングレール側で構える。

斜めから打つ気のようで、早速フォームを作っていた。

しかしあまりにも髪が長く、私服とはいえ如何《いか》にも神子らしい長衣を纏《まと》っているので、裾も袖《そで》も邪魔そうに見える。

「なんで目の敵にするかって？　そんなこと……」

銀了は答えながら大きくテイクバックし、ブレイクショットを打った。

菱《ひし》形に並んでいたボールが、小気味よい音を立てて一気に弾ける。

ナインボールはビリヤードで最も人気の高いゲームで、九番ボールをポケットした者が勝利する。

技術だけではなく運も必要と言われるだけあり、いきなり九番ボールが落ちた。

さすがは神子といったところなのか、常盤が打つ前に銀了の勝利が決まる。

「訊くまでもないでしょう？　気に入らないからですよ。正義感が強いなら強いで、潔く神子になればよかったのに。私は口ばっかりの人が大嫌い。善は善、悪は悪で自分の道を貫くべきだと思いません？　優等生で面倒見がよくて、精神的に強そうな振りをしていたくせに、どうして部分的には狡《ずる》く弱く生きるのやら。私が神子の中で最下位だった頃……あの子は卑怯《ひきょう》にも学園に残って、見目のよい恋人と甘い大学生活を過ごしていました。

しかも陰神子であることが発覚して教団本部に連行されると、数回しか儀式をこなさずに自殺を図り、自分だけ楽になろうとした。無責任で狡くて弱くて、卑怯な人間なんです。それでもあの子は、貴方みたいな御曹司に同情され、優しくされて、私は貴方に悪者扱いされる。私は割りきっていますから構いませんけれど、でもよーく考えてみてください。私は神子として正しく生きてきて、許される手段で伸《の》し上《あ》がっただけのこと。私の努力は正当で、あの子のしたことはすべて不当です。異論は一切認めませんから」

一気に語った銀了は、「因《ちな》みに今のはまぐれですよ」と言って皮肉っぽく笑う。

負けた常盤は次のゲームのためのラックを組まなければならないが、誘いに応じて早く十セット終わらせて引き揚げるべきか、それとも本来の役目を優先して固辞するべきか、まだ決めかねていた。

「貴方も往生際が悪い人ですね。元陰神子とはいえ紫苑は神子ですよ。まだそれなりには運もありますし、医師が診察して薬を出して、二十四時間モニター監視されている部屋に戻ったんですから、貴方が心配する必要はまったくありません」

「銀了様、貴方は自分でこうと決めたら貫くだけの意志と行動力があり、精神的にとても強い御方だと存じます。対して紫苑様は、ご自身が思っておられたほど強くはなかった。善にしろ悪にしろ、最後は強い者が勝利します。貴方は誰が見ても明らかに勝者であり、紫苑様は敗者です。善悪を問わず、強い者は弱い者に情けをかけてやらねばなりません。

その余裕がなければ強者でい続けることはなりませんし、それは強者だけの特権でもあります。水に落ちた犬は打てとばかりに紫苑様につらく当たるのは、美しくありません」

常盤は銀了の誘いを断固拒否することに決め、流れで受け取ったキューを突き返す形で言い放つ。

銀了は手に入れた幸福を失うことを恐れていて、成功者の顔を持ちながらも弱者に情をかけられるほどの余裕はない人間だと、すでに見極めていた。

徹底した悪役を決め込んでいるのも、神と教祖の寵愛《ちょうあい》を失ったら地に落ちる身の上に不安を抱き、それを悟られまいとして繕っているからだ。

「上の立場の者として、紫苑様に情けをかけて差し上げてください」

「そうやって優しそうなことを言っても、貴方は所詮《しょせん》ヤクザです。本当に邪魔な人間なら徹底的に打ちのめすでしょう？　私は常に滅多打ちにしますよ。歯向かう犬が二度と這《は》い上がれないように……水に落ちた犬には石を投げるし、棒で打って沈めます。念には念を入れ、毒まで流すかもしれません。ああ、そうそう……常盤様が仰る通りで、私は確かに強者です。紫苑に対してだけではなく、貴方が相手でもね」

常盤が第二セット用のラックを組まなかったため、銀了は自分でボールを並べる。

先程よりも遥《はる》かに荒っぽく、打ちのめさんばかりのブレイクショットを打った。

「ご存じの通り、教祖様は月に一度は私を抱いて陰神子探しの御神託を得ようとします。

どこかに陰神子が隠れていないか……もしいるなら誰なのか、その答えを求めながら私を抱くわけです。でも、これには大きな難点があります」

銀了はブレイクショットで的球をポケットできなかったため、打順は常盤に移る。

しかし常盤はゲームに興ずる姿勢を見せず、銀了も特に要求はしなかった。

「御神託は、心の底から求めていないと降りにくいものです。さらには、私以上に龍神に愛されている陰神子であれば、御神託として降りてこない可能性があります。私が十代や二十代前半の頃はまだよかったのですが……今やっても、陰神子を見つけられる可能性は低いでしょう。たとえば……私よりも若く美しい椿姫が陰神子だったとしたら、おそらく太刀《たち》打ちできません」

自分は強者だと言いながら、銀了は神子としての力の弱さを語る。

銀了の意図を先に読み取った常盤は、椿が陰神子であるわけがないと言わんばかりに、あえて二の句が継げない振りをした。

「当家の椿を疑っていらっしゃるんですか？」

「何度も疑われている人でしょう？　誰が見ても疑わしいのに、なんだかんだとこれまで疑いを晴らしてきた不思議な人です。だからこそ考えてしまいますよね……実は、物凄《ものすご》く神に愛されているんじゃないかって」

「椿が陰神子ではないことは、誰よりも私が一番よく知っています」

「この教団の人間は嘘《うそ》つきだらけですし、彼を恋人として愛《め》でている貴方が何を言っても意味はない。真に意味を持つのは、強者であるこの私の発言です。彼が陰神子かどうかはさておき、貴方は私をもっと大事にすべきだと思いますよ。私がもし、『御神託が降りて、椿が陰神子だと判明しました』と教祖様にお伝えすれば、真偽を問うために被疑者は教団本部に連行されるでしょう。これまでは尋問程度で済んでいましたけれど、今度こそ衆人環視の中、彼は陰神子狩りという名の肉体審議を受けます。本当に陰神子だったら大変なことになりますし、間違いだったとしても相当に傷つくでしょうね。一方私はといえば、一度や二度間違った御神託を降ろしたところで、少しばかり株を落とす程度で済みます。貴方や椿姫が受けるダメージとは、比べものになりません」

銀了は常盤が覚悟していた通りの脅しをかけてきて、おもむろに迫ってきた。

目の前に立つと、キューを手にしている常盤の右手に触れる。

「さあ私と遊びましょう。常盤様の番ですよ」

最早これは、誰に対しても強者であろうとする銀了の意地なのだろう。

状況や立場がどうであれ、自分よりも紫苑を優先することが許せない様子だった。

脅しではなく、逆らえば本当に椿の名を出しかねない――そういう目をしている。

「椿姫と紫苑と、どちらが大事かは考えるまでもないでしょう？」

「はい、そうですね、それは確かに考えるまでもないことです。神子になれる人間として誰からも期待されながら、選ばれずに終わった役立たずの椿と……元陰神子とはいえ神の愛妾である紫苑様を、比べられる道理がありません」

「常盤様……本気で言ってるんですか⁉」

「本気です。本気ですが……しかしながら、私は信者であると同時に一人の人間であり、感情も肉欲も持ち合わせる普通の男です。信仰とは別の次元で、どうしても抑えきれない想いもある」

すべてを守ることはできないのだと、そう思い知らされるのはいつの日も口惜しい。

常盤は演じるまでもなく浮かび上がる諦念《ていねん》の笑みを湛えて、一番ボールの前に立つ。

本当にどうしようもないのは銀了の執念であり、紫苑の所に向かう最短ルートと考えてグリップを握った。

屈する姿勢など見せたくはなかったが、銀了の目の中に本気を見いだしてしまった以上、今は言いなりになるより他ない。

椿が陰神子として囚われれば、本人はもちろんのこと、薔《しょう》や剣蘭《けんらん》まで傷つけることになってしまう。

「十ゲームでしたね」

「ええ、それで勘弁してあげます。でも、あまりせかせかするのは嫌ですよ。愉しませてくれないと別の遊びを追加したくなるかもしれません。私、わりと気分屋ですから」

一応のところは納得したらしく、銀了は我が意を得たりと顎を撫《な》でる。

常盤は急ぎたいのをこらえ、普段のペースでフォームを構えた。


常盤が銀了に解放されたのは、日付が変わって五分ほど経過してからだった。

エレベーターに乗り込むなり真っ先に地下三階に降りた常盤は、突然の訪問に驚く守衛二人に鉄格子の扉を開けさせ、すぐさま紫苑の部屋に向かう。

「紫苑様、常盤です。遅くなって申し訳ありません」

寒々しい廊下の先にあるドアをノックして声をかけたが、反応はなかった。

医師の診察を受けて薬を処方されたあと、眠ってしまったのかもしれない。

そうだとしたら起こすのは申し訳なく思い、常盤は再度ノックするのを躊躇う。

上位神子のフロアに降りた当初は朝まで付き合うよう求められていたので、約一時間で解放されたのは不幸中の幸いだと思っていたが、それでも遅過ぎたのだろうか。

「紫苑様、お加減は如何《いかが》ですか？」

遠慮してこのまま帰ることが正解だとは思えず、常盤はもう一度ノックした。

儀式のあとに迎えにいくと約束したのだから、紫苑は必ず待っている。

もしも眠っていたとしても、起こされることを望むだろう。

「紫苑様、常盤です。失礼してもよろしいですか？」

地下牢《ちかろう》のような部屋の入り口は、鍵《かぎ》のついていないスライドドアだけだった。ノック以外の方法で起こそうにも、チャイムはなく、室内には外部と繋《つな》がる通信機器は一切ない。

唯一あるのは、同フロアの守衛室と連絡を取るための内線電話だけだった。

常盤は守衛室に戻って呼びだしをかけることも考えたが、妙な胸騒ぎに襲われる。多少礼を欠いても、急いだ方がいいと思った。直感的に酷く急《せ》き立てられる。

常盤はもう一度大きめにノックをしてから、スライドドアを開けた。

「失礼致します」

室内は暗く、キッチンの常灯だけが青白い光を灯《とも》している。

やはり眠っている——通常ならそう判断するところだが、何故か自分の鼓動がやたらと大きく聞こえ、胸を撫で下ろすことはできなかった。

全力疾走したわけでもあるまいし、心音がこんなに気になることがあるだろうか。

部屋が静か過ぎるせいにしたくても、二十畳程度の一間しかない紫苑の部屋は、常盤が普段使っている私室よりも騒々しい。

冷蔵庫や空気清浄器の稼働音に、二十四時間運転のバスルームの換気音、そして時計の秒針の音が重なっていた。

自分の心音が聞こえるほど静かではないはずなのに、ドクン、ドクン、ドクン……と、異様に大きく響いている。

これは嫌な予感だと、認めたくない気持ちが常盤にはあった。

しかし体は正直に不安を示し、なんらかの覚悟を心に促してくる。

ソファーの前のテーブルには、いくつもの酒瓶と紙コップが置いてあった。

嫌な予感が加速する。

医師が処方した薬と、大量のアルコールを同時に摂取したのでは……と思うと、常盤は居ても立っても居られず、電光石火の勢いで部屋の奥に駆け寄った。

「紫苑様！」

シングルベッドを隠すための衝立《ついたて》を摑み、退けながら先へと踏み込む。

常灯の灯りがほとんど届かない薄暗い空間に、紫苑は横たわっていた。

ベッドではなく冷たい床の上で、腰を九十度に曲げている。

着ているのは、儀式に向かう際に着る黒い和服だ。

長い巻き毛が目元にかかり、表情は見えない。

「――ッ⁉」

床に膝《ひざ》をついて抱き起こそうとした瞬間、常盤は彼が息をしていないことに気づいた。

気密性の高い地下室では時計の針の音まで聞こえるのに、紫苑の体は極めて静かだ。

口に耳を近づけても寝息一つ聞こえず、頸動脈《けいどうみゃく》に触れてもぴくりともしない。

「紫苑様……っ、紫苑様！」

心臓の音も同様で、胸の中心を押さえても反応がなかった。

自分の心音は異常なくらい高鳴っているのに、紫苑の胸は水を打ったように静かだ。

死という概念が、頭の中に突如現れ濃厚な色を帯びていく。

つい先程まで当たり前だと思っていた生を、たちまち蝕《むしば》み始めた。

人間は誰しも必ず死ぬもので、どんなに若くとも明日生きている保証はない。

その可能性が高いというだけで安心し、いつでも会えると信じ込むのはなんと恐ろしいことだろう。

「何故こんな、いったい何が……！」

紫苑の体が心肺停止状態であることは間違いなく、常盤は驚愕《きょうがく》の中で目を瞠《みは》る。

何が起きたのか、考えると同時に答えが視界に飛び込んできた。

ベッドのヘッドボードに、白い長襦袢の腰紐《こしひも》が括《くく》りつけられている。

不自然に千切れていたが、元は輪であったことは容易に想像がついた。

6

心肺停止状態の紫苑《しおん》を発見した常盤《ときわ》は、教団本部内の医療センターに緊急連絡を入れ、ベッドに寝かせた紫苑に人工呼吸と心臓マッサージを施した。

その後すぐに上階にある医療センターから医師や看護師が駆けつけたが、ここでは手に負えないという理由から、紫苑は直ちに近隣の病院に搬送された。

教団本部ビルと地下道で直結している、朱雀《すざく》病院という名の医療施設だ。

表向きは八十一鱗《くくり》教団とも南条《なんじょう》製薬とも無関係とされているが、実際には教団直営の病院であり、医療関係者の六割以上を南条一族が占めている。

「紫苑様の部屋に取りつけられた監視カメラの映像を見せろ。今夜、日付上は二十五日、午後十時以降の映像だ」

紫苑が搬送された際、常盤は付き添わずに本部ビルに残り、真っ先に総合監視室のある二十五階に向かった。

紫苑に付き添いたいのはやまやまだったが、行ったところで自分に何ができるわけでもない。今やるべきことは真実を明らかにし、もしもこれが自殺ではなく第三者の手によるものならば、証拠を消される前に犯人を押さえるべきだと思った。

「と、常盤様……」

監視室に飛び込むなり録画映像を要求した常盤だったが、そこに詰めていた二十余名の監視員のうち、モニターに向かっているのは五名のみだった。

他の者は硝子《ガラス》張りの休憩室に集まって、茶や菓子を囲んでいる。

常盤の顔を見るなり慌てて休憩室から出てきたが、直前まで談笑していたようだった。

モニター監視員は本部ビル全体を見守る仕事で、守衛らと共に警備部に所属し、西王子《さいおうじ》一族の人間が多い。根気と集中力と口の堅さが必要な仕事であるため、学生時代から特に素行のよい真面目《まじめ》な人間が選ばれ、高給を与えられていた。

しかし今、仕事をしているのは五名だけだ。

何より異様なのは、数え切れないほど並んでいるモニターのうち、わずか一割程度しか電源が入っていないことだった。あとの九割は黒い画面を晒《さら》している。

「これは、どういうことだ？　紫苑様の部屋の監視は？」

監視員の怠慢だと考えるには異様過ぎて、常盤は声を荒らげることなくモニターの前に移動する。

稼働しているのは、ビル自体への出入りを監視するモニターのみだった。

正面玄関や非常口、駐車場、外構や遊歩道などが映っているだけで、ビル内部の様子はまったく映されていない。

「説明しろ。どういうことだ？」

「常盤様、これは……その……実は、侍従長より直々《じきじき》に、今夜はビル内部の監視をしないようにと、極秘に御達しがあったのです。御三家フロアから上は録画も禁止され……午後九時から翌朝六時まで、警報が鳴らない限りは何も映すなと命じられました」

俄《にわか》には信じ難い発言に、常盤は言葉を失う。

それでも思考だけは働いて、侍従長の意図を読もうとした。

録画を禁止したのは上階だけなら、おそらく紫苑の件とは関係がない。

今夜、上階では普段と異なることが、知っているだけでも三つ起きていた。

一つは紫苑が儀式の途中で体調を崩し、杏樹《あんじゅ》と交代したこと。

しかしこれは突発的なもので、午後九時以降の出来事だ。

銀了《ぎんりょう》が常盤を神子《みこ》のフロアに軟禁し、エレベーターや内階段を使えないように根回ししたのも、紫苑の体調不良により派生した可能性が高い。

もし仮に紫苑のこととは関係なく予《あらかじ》め計画されていたとしても、監視員に見られて困るほどのことではなかった。

——誰にも見せられないもの……記録にも残せないものは……。

常盤の脳裏に浮かび上がるのは、本来ここにいてはならない楓雅《ふうが》の姿だった。

教祖は決して破ってはならない規約を破り、卒業前の次男を自室に迎え入れた。

制限された時間からして、楓雅をホテルに戻さずに泊まらせていると考えられる。

――楓雅の出入りを隠すため、教祖は侍従長に命じてビル内部を映すモニターをすべて切らせた。そんなことをしなければ紫苑様に起きた異常に監視員が気づいて、もっと早く救出できたはずだ。

常盤は『B3』と書かれたプレートに目を向けると、その下にある電源の入っていないモニターを睨《にら》み据える。

身勝手な教祖に対する怒りが燻《くすぶ》ったが、しかしその怒りは燻るばかりで、勢いよく燃え上がらせることはできなかった。

楓雅が危険を冒してまで教祖に会いにきたのは、薔《しょう》の身を案じたからだ。直接会って自分の言葉で父親を説得し、薔のために常盤を学園に戻そうとした。

そもそも薔に入院し続けるよう指示したのは常盤自身であり、銀了の策に嵌《は》まって神子のフロアに降りてしまったのも自分の失態だ。

紫苑の体調が悪いと聞いて心配はしていたが、すでに医師が診察したと言われたことで少なからず油断していた部分があった。何より――今夜の紫苑は、つらい儀式から逃れることができたという認識により、危機感が薄れていたように思う。

教祖が自らの保身と楓雅のためにビル全体のセキュリティレベルを下げていたからといって、責められる道理がなかった。

――あの時……エレベーターから降りなければ……階段を使っていれば……いや、それ以前に、浴室で赤い湯を見て動揺した紫苑様を、何がなんでも止めるべきだった。

紫苑が言うことを聞かないなら、多少乱暴をしてでも意識を失わせればよかった。

血の色の湯を流さずそのまま残し、何者かの悪戯《いたずら》のせいで失神してしまった――とでも言えばよかったのだ。

もしもあの時それができていたら……対応を誤らずに上手《うま》く立ち回っていたら、今頃、紫苑は穏やかな寝息を立てて眠っていたかもしれない。

「常盤様、地下三階の映像のご用意ができました。お流しします」

監視員達は、常盤がこの監視室に飛び込むなり指示した言葉を、しっかりと聞いていたようだった。

無数に並んだモニターの先にある巨大な液晶画面に、六分割された映像が表示される。

午後十時の時点から開始し、監視員の調整により数倍速で再生された。

映しだされているのは、地下三階のエレベーターホールと守衛室の前、鉄格子を含めた廊下、紫苑の部屋の出入り口、脱衣所、浴室、キッチン側からの居間部分、そして衝立《ついたて》の内側から撮ったベッド周辺の映像だ。

十時半には動きがあり、紫苑が医師達に付き添われて部屋に戻ってきた。

黒い着物姿で自分の足で歩き、部屋に到着するなり彼らを帰している。

スライドドアを閉めた紫苑は、その足でまっすぐにキャビネットに向かった。

映像の再生速度とは無関係に、酒を飲むペースが速いのがわかる。

監視員の機転で居間がクローズアップされたが、その他の映像も消えずに、やや小さくなって端に流され続けた。

しかし何者かが部屋に忍び寄る気配はなく、そのまま一時間が経過する。

紫苑は数え切れないほど何度もドアの方を確認し、時々立ち上がって恐る恐るスライドドアを開けては、鉄格子に続く廊下を覗《のぞ》き込んだ。

——俺を、待ってるのか?

さらに十分が経過する。午後十一時四十分——紫苑は酒を飲むのをやめて立ち上がり、ベッドを隠している衝立の向こうに移動した。

画面が切り替えられ、今度はベッド周りがクローズアップされる。

これまでよりも近い位置にカメラがあるため、紫苑の表情が窺《うかが》えた。

強い酒を大量に飲んで酔ったのか、それとも諦念《ていねん》の境地なのか……待ち人がいつまでも来ないにもかかわらず、微笑《ほほえ》んでいるように見える。

——まさか……本当に、自分で……。

標準再生される映像の中で、紫苑は和箪笥《わだんす》を開けて白い腰紐《こしひも》を取りだした。

一切の迷いなくベッドのヘッドボードに結びつけ、輪を作る。

紫苑に何が起きたのかを知らない監視員達が、息を詰めた。

常盤もまた、同じように息を詰めて画面に食い入る。

全員総立ちで、誰もが胸の内に制止の言葉を持っていた。

しかし誰も口には出さない。これがリアルタイムの映像だったら――と、確かに全員が思っているのに、無駄な一体感が悲愴《ひそう》な空気のうねりを作る。

――やめろ……あと少しで……あと少しで俺が……！

常盤が到着する約二十分前、紫苑は床にしゃがんでベッドに背を向けた。

白い輪に首を通すと、おもむろに左手首を口に寄せる。

リストカットの痕《あと》が残る手首に、そっとキスをした。

今夜キスを求められて、常盤が唇を押し当てた所だ。

「……っ、紫苑様……！」

一人の監視員が声を漏らし、そして数人が目を背ける。

常盤は瞬きすらできなかった。吸い込まれるように画面を見続ける。

むしろ本当に吸い込まれたい。この映像が撮られた時間に戻って、紫苑を助けたい。

しゃがんだ姿勢から足を伸ばし、腰が床から辛うじて浮いている状態で……紫苑は首を吊《つ》った。じわじわと絞めつけられているのが目に見えてわかったが、それほど苦しそうな表情は見せず、暴れることもない。

監視員は手を震わせながらも動画を先に送り、五分後まで飛ばした。

紫苑の首を絞めていた腰紐が突然切れて、長い黒髪が大きく揺れる。

神子ならではの幸運か、それとも腰紐の強度の問題か……いずれにしても、紫苑の体は床の上に投げだされた。

――俺は……俺は何を望んでいた？　何を見たくてここに来た……。

常盤の姿を監視カメラが捉《とら》えたのは、約十五分後だった。

それまで誰も訪ねてはこなかった。

紫苑に危害を加えた人間などいなかったのだ。

すべては巧妙に仕組まれた罠《わな》で、自殺に見せかけて誰かが紫苑を殺そうとしたのだと、そう信じたかった自分の狡《ずる》さを、常盤は痛感する。

燻る怒りを燃え上がらせることができるように……そして復讐《ふくしゅう》という形でこの悲憤に決着をつけることができるように、責任転嫁する先を求めていた。

――俺が情をかけて……期待させるような真似をしたからなのか？　あの人が薔に似ていたから……姫の行き着く先の姿に思えて、どうしても放っておけなかったから……そうやって理由をつけて、俺は無責任にあの人の心を乱してしまった。

感情に任せて薔を抱き、神子にしてしまったことをあれほど後悔したのに、またしても大きな過ちを犯したのだ。

一つ一つの選択の問題ではなく、教祖や銀了の行動が齎《もたら》した結果でもなく、この一月《ひとつき》、自分が紫苑に向けた感情と言動が引き起こした結末――。

「常盤様……つい先程、地下駐車場から救急車両が出たようです。あれに紫苑様が乗っていらしたんですね？」

監視員の一人に訊《き》かれ、常盤はわずかに頷《うなず》く。

体の中心に杭《くい》を打たれたかのように、胸が痛くて言葉にならなかった。

紫苑の身を純粋に心配している人間に囲まれながら、常盤は今後のことを考える。

薔のことで悔やんだ時は、次の儀式まで酒浸りになって思い悩んだが、もう二度とあのような情けない真似はしたくない。

――今後のこと？　今後が、あるのか？　死ねば終わりだ。先などない。

紫苑がこのまま死んでしまったら、自分が彼にできることは何もなくなる。

生き延びたところで、償いとして何ができるのかはわからない。

もしも紫苑に求められても、彼の物になるのは不可能だ。

それでも生きてほしいと願うのは、酷なのだろうか。

――紫苑様……今はまだ駄目だ。絶対に死ぬな。死なないでくれ！

新たな愛を見いだせるのも、幸福を摑《つか》めるのも、生きている人間だけに与えられる機会であり、これから社会に出ていく紫苑には無限の出会いと経験が待っている。

学園に十七年、教団本部に七年——不当に囚《とら》われ続けた彼の人生は、こんな所で淋《さび》しく断たれていいものではない。自由になって羽ばたいて、恋をして、挫《くじ》けることがあっても立ち直り、生きていてよかったと思う瞬間を何度も何度も味わってほしい。

「——ッ」

画面の中の常盤は、紫苑を発見してすぐに緊急連絡を入れていた。

焦燥に駆られる自分の姿を目にすると同時に、持っていた通信機が鳴りだす。

叔父であり正侍従でもある於呂島《おろしま》を病院に向かわせていた常盤は、叔父からの連絡だと確認するなり唇を引き結んだ。

緊張と不安で、胸が塞《ふさ》がれる。

蘇生《そせい》のために病院に運ばれた紫苑について、何かわかり次第すぐに連絡を入れてくれと頼んであった。

「——俺だ」

諦《あきら》めてはいないので、覚悟は決めない。むしろ奇跡を思い描き、努めて期待する。

紫苑は神に選ばれた神子だ。長年に亘《わた》り神を愉《たの》しませてきた彼の人生の結末が、不幸であるはずがない。

於呂島からの連絡を受けた常盤は、総合監視室を飛びだして朱雀病院に向かった。紫苑の容体について聞くことはできず、『教祖様がお呼びです。神子様方も全員こちらにいらしてますので、大至急おいでください』とだけ言われたのだ。

教祖も神子も病院に移動していたことを知り、常盤は紫苑の容体についてさらに期待を抱くことができた。紫苑のことを大切にしてこなかった彼らが、迅速に病院に行った理由など一つしか考えられないからだ。

——神よ、すべての神子の祈りを聞き入れてください。たとえそれが私利私欲のためであろうと、誰もが紫苑様の回復を願っているはずです。

現役の神子を死なせることで、信者の信仰が薄まるのを避けたい教祖。担当する儀式の回数が増えることを避けたい神子達——理由はなんでもいい。

神に愛されている十二人の神子が祈れば、奇跡を起こせるかもしれない。

今はとにかく紫苑を助けてほしい。

教団本部の地下から朱雀病院に続く通路を利用した常盤は、車を降りるなりそこで待ち構えていた病院関係者に案内され、最上階の特別室に向かった。

廊下の先の入り口では、守衛二名が扉の把手《とって》に手をかけており、常盤が近づくと左右の扉を同時に開ける。身分の関係で誰からも急げとは言われなかったが、無言で急《せ》かされているのがわかった。

「遅くなって申し訳ありません、失礼致します」

薔薇《ばら》や芍薬《しゃくやく》が飾られたエントランス空間を抜けて控えの間に入ると、なんとも異様な光景が目に飛び込んできた。

四十畳ほどある部屋には、大型家具店さながらに無数のソファーが配されている。
二、三人ずつばらばらに座っているのは神子達で、銀了も杏樹もいた。
神子の大半が、黙って座ったまま常盤の顔を睨み上げる。

「常盤様、教祖様は病室でお待ちです」

室内には侍従長や正侍従、その補佐官らもいた。

ほとんどは壁に沿ってまっすぐ延びたソファーに座っており、常盤より地位の低い者は立ち上がって一礼する。

直接声をかけてきたのは、正侍従を務める叔父の於呂島だった。

常盤は神子の恨みがましい視線を受けながら、病室の扉をノックする。

もう一度「失礼致します」と言って自分の手で扉を開け、中に入った。

まず見えるのは龍《りゅう》の彫られた衝立で、病室とはいえベッドは遥《はる》か先にある。

衝立の向こう側に回ると、生命維持装置に囲まれて横たわる紫苑と、その横に置かれた一人掛けのソファーに座る教祖の姿が見えた。他には誰もいない。

発見時は心肺停止状態だった紫苑は、気管内挿管を受けて痛々しい姿になりながらも、確かに生きていた。バイタルサインモニターが彼の生命活動を数値で示しているが、それ以上に信じられるのは、痙攣《けいれん》程度に動いている指先だ。

「自殺未遂だと断定できたそうだな。君としては犯人が欲しかったのだろうが……しかし冷静に考えればわかるだろう？　誰も紫苑の死を望んではいない。ただでさえ、あと一年足らずで神に飽きられ見捨てられるだろうと言われていた身だ。他の神子にしてみれば、その時が来るのが恐ろしくて、どこかにもう一人陰神子がいてくれたらなんて、不届きなことを言う者もいたくらいで……。何しろ紫苑の引退が決まれば神子一人当たりの儀式の回数が、月に一度から二、三度に増えてしまうからな」

直前まで回復を願う祈禱《きとう》を捧《ささ》げていたのか、教祖は黒い羽二重を着て首から紫の勾玉《まがたま》を下げていた。

薔と同じ栗《くり》色の長い髪が、肩から背中に向けて緩やかな波を描いている。

顔立ちや体格が楓雅に似ているうえに、五十を過ぎているとは思えないほど若々しく、こんな時でも泰然《たいぜん》と構えていた。

「恐れながら、紫苑様のご容体について伺ってもよろしいですか？」

常盤は一旦《いったん》立ち止まった場所から先に進んで、わずかに動く紫苑の手のそばに立つ。

生きるか死ぬかの二択しか見えなかった状況では、まずは生き延びることを願ったが、一命を取り留めたのがわかった途端、完全な回復を望む気持ちが一気に強まっていった。

「弱いが自発呼吸や対光反射が見られるため、今のところは植物状態だ。日が経《た》てばある程度は回復するかもしれないが、脳に重篤な障害を負ったのは間違いない。どうなるかは経過次第だ。これなら死んだ方がましだったかもしれないな」

淡々と語ってから大きな溜《た》め息をついた教祖は、「馬鹿《ばか》なことをしたものだ」と呟《つぶや》く。

その言葉は常盤にとって、自分自身に浴びせられたとしか思えないものだった。

つらい日々に耐えてきた紫苑の七年――それはあと一年程度で終わるはずで、自分さえ現れなければ何事もなく過ぎていたかもしれない。厳密に言えば、現れたこと自体が問題なのではなく、線引きをしっかりすればよかった話だ。

「紫苑様……」

常盤は紫苑の左手を取り、彼が首を吊る前にキスをしていた手首に触れる。

薄《うっす》らとではあるが、そこには確かにリストカットの痕が残っていた。

紫苑は正義感が強く、優しくて真面目で、顔も性質も蕾に似ているところがあったが、しかし蕾のように強い心の持ち主ではないことを、わかっていたはずなのに。

この傷のことも、異常な飲酒量のことも知っていながら、湧《わ》き上がる情に流されて己を律することができなかった。自己の欲求に従って踏み込み、傷つけてしまった。

――俺が、この人を弱くした。苦痛を与え、追い詰めて……。

悪意だけが人を傷つけるわけではない。

長年に亘る悪意に挫けなかった紫苑は、一月にも満たない好意によって挫けた。

完全に救えないなら、手を差し伸べるべきではなかったのだろうか。

自分が彼に向けたすべての言動が、中途半端に思えてくる。

──こんな状態になるくらいなら、いっそのこと、死なせてやればよかったのか？

救命措置を取ったことまで誤りだったと思えてきたが、しかしそれはすぐに否定した。

今触れている手首の傷痕にしても、神子だからこその治癒力を感じさせるものだ。

生きている限り、奇跡の可能性はある。死んだ方がましだったはずがない。

陰神子の時代と合わせて約八年半、紫苑は誰よりも多く神を降ろしてきたのだ。

格別の加護は必ずある。

現に、こうして脈動が伝わってくる。温もりも感じられる。

──生きている以上、誰にでも希望はある。ましてやこの人は神の愛妾《あいしょう》だ。

普通の人間ではないのだから、きっと医者が舌を巻くような回復を見せるだろう。

生きていればまたつらいこともあるだろうが、紫苑が目を覚ましたら必ず、生きていてよかったと思える景色を見せよう。

まだ若く美しい彼には、これから出会う友人も恋人もいるはずだ。

神の手による人生最大最高の恩恵を、受け取って然《しか》るべき人なのだから。

神は今まで苦労してきた彼に、しばしの休息を与えた。ただそれだけのこと。

目覚めるべき夜明けは、必ずやって来る――常盤は強くそう信じる。

「夜が明けたら紫苑の御褥《おしとね》すべりを発表する。神子が病床に就《つ》くのは教団として非常にまずいからな。ましてや容体が急変して死なれては事だ。こうなった以上、紫苑に関して神のご加護は期待できない」

常盤が縋《すが》りたい希望を頭から否定した教祖は、疲れた様子でソファーの背凭《せもた》れに上体を預け、紫色の勾玉を指先で摘《つ》まむ。

それは黒龍の紫眼を象徴した物であり、神がすべての教団員を見守ってくれることを願って、祈禱役が首から下げる決まりになっていた。

「お言葉ですが、紫苑様は神のご加護があったからこそ助かったのだと思います」

「それは違うと思うぞ」

教祖は常盤の考えを改めて否定し、神に見放されたことを示すように勾玉を弾く。

「紫苑は過去にも自殺未遂をしているが、その頃はまだ若く、神の寵愛《ちょうあい》もご加護も今より強かったのだろう。二十四時間監視などしていなかったにもかかわらず偶然が重なって、手首を切った数分後に発見された。ところが今夜はこの通り、不運ばかりが重なり、そのせいで発見が遅れた。月に一度の儀式ができない体になった以上……神は紫苑を抱き飽きたということだ。要するに紫苑の運は尽きていて、自殺を図るまでもなく引退が……御褥すべりが近かったと考えられる。この件に関して君が気に病む必要はまったくない。

惚《ほ》れられた責任をいちいち取っていたら、色男は生きていけないからな」

「……私に責任はないと、そう仰《おつしや》るのですか?」

「当然だろう。君は普通に仕事をした。ただ、人よりだいぶ美しかっただけのことだ」

教祖の言葉に、常盤は彼の意図を察して憤る。

これは紛れもなく取引だ。

常盤は紫苑を誘惑したわけではなく、その気になれば、銀了に情報操作をされたせいで紫苑の体調不良を知ることができなかった件や、軟禁されて救出が遅れたという客観的な事実を並べて責任を逃れることができるが、教祖は自分の都合でビル全体のセキュリティレベルを故意に下げたという、明確な罪を抱えている。

――おそらくそのことだけじゃない。楓雅の性格からして、内階段で俺に会ったことを正直に報告しているはずだ。モニターを切らせた理由まで俺に知られている以上、教祖は反撃が怖くて何もできない。

紫苑の手首を握りながら怒りに震える常盤に対し、教祖は苦々しく笑った。

何を考えているのか書いてあるような顔だ。「これは取引だ。君はお互いにとって何が最善か、心得ているだろう?」と、声に出して言われた気すらしてくる。

「常盤、君が気にしているであろう紫苑の今後のことだが……」

何も答えない常盤に向かって、教祖は突然切りだした。

嫌になるほど楓雅に似た顔で——しかし腹にどす黒いものを秘めた顔で笑う。

「元陰神子には引退後の年金も特別待遇も何もないが、このまま正規の神子同様の扱いで手厚い治療を受けさせようと思っている。もちろん経過は逐一報告させよう。見舞いたい時は、いつでも好きにして構わない。ただし今は、紫苑よりも薔を優先してくれ」

「贔屓生《ひいき》の……薔をですか？」

「そうだ。学園内の病院から、薔の精神状態が著しく不安定だと報告が入った。君もよくわかっていると思うが、教団にとって大事なのは神に飽きられた神子ではなく、この先を担う若い神子や、今後神子になるかもしれない贔屓生だ。ましてや薔は有望株……まずは心身共に健康になってもらわなくては困る。薔に会って、サポートしてやってくれ」

まるで口止め料のように薔の名を出され、公に堂々と会える権利を与えられて、常盤の心が動かない道理がない。

紫苑の手首を握っていても、気持ちは薔の許へと飛び立ちそうになる。

薔のためではなく、自分自身のために薔に会いたくてたまらなかった。

今こんな時だからこそ、一刻も早く会って抱きしめたい。

薔の声を聞き、薔の手に触れ、薔が生きていることを感じたい。

若くて健康だから明日はあると、当たり前にそう信じてはいられなくて——遠く離れていることが、今は怖くてたまらなかった。

「恐れながら、私が薔に会っても状況は何も変わらないかもしれません。今は他人として厳しく接していますので、彼が求める理想の兄とはかけ離れていることでしょう」

本当の気持ちを剝《む》きだしにするわけにはいかない常盤は、薔に会える喜びを押し殺す。弟に会ってもどう接していいかわからないと言いたげな、複雑な表情を作りだした。

楓雅が教祖に対してどういった説明をしたのかは知る由もないが、たとえ何を言われていようと、自分が取る態度は決まっている。

薔は競闘披露会の時に常盤を兄だと知り、反発しながらも本心では兄を求めている——そう判断されるのが理想であり、情は薔の一方的な求めでなければならない。

自分が薔を弟として、或《あ》るいは恋人として愛し、求めていると知られれば、これまで守り通してきたものが脆《もろ》くも崩れてしまうからだ。

「常盤、君は本当に薔を神子にしたいのか？」

「はい、もちろんです。そのために必要なら、見舞いでもなんでも致しましょう。弱った薔が私を求めるなら……理想通りの兄を演じるよう努めます。それにより薔の精神状態を安定させ、次の儀式に引っ張りだすことが私の役目と存じます」

「そうしてくれると大いに助かるな」

教祖は常盤の発言に満足した様子だったが、同時に含みのある笑みを浮かべた。まだ何か言いたげな顔だ。しかし言うか言わないか迷っているふうでもある。

一見すると優しげに見える唇をわずかに開き、口角を一瞬だけ持ち上げた。

「薔が神子になれば、君の所には戻ってこないかもしれないぞ」

「――……」

今それを言われるとは思わず、常盤は内心酷く動揺する。

教祖はこれまで、常盤の前で薔の出自に触れたりはしなかった。

杏樹を経由して戸籍上は常盤の弟であることを認めたも同然だったが、直接言ってきたことは一度もない。

ましてや今の発言は――常盤が薔の育ての兄に過ぎず、薔は南条家に引き取られるべき子供であると、宣言しているも同然のものだ。

常盤は不利な言質《げんち》を取られるのを避けるため、表情を固めて心を落ち着かせ、十五年間演じてきた自分を保とうとした。

紫苑がこのようなことになって、自覚している以上に乱れている心を必死に整える。

教祖は常盤に弱みを握られたが、今現在の心情としては、教祖よりも常盤の方が遥かにダメージを受けていた。制御できない感情の波の上を漂っていることを把握しておかなければ、流れに呑《の》まれて溺《おぼ》れてしまうだろう。

「教祖様……薔は私が手塩にかけて育てた弟です。誰がなんと言おうと西王子家の次男は薔であり、神子になって必ずや当家に繁栄を齎してくれると信じています」

どうあっても神子が欲しい。神子に選ばれる見込みのない剣蘭《けんらん》は要《い》らない。故に、必ず薔を神子にして、血の繋《つな》がりがなくても絶対に手に入れる——常盤は長年演じ続けてきた通り、神子を求める妄信的なスタンスを徹底して貫いた。

「神子に選ばれない子供は不要——そういうことだな？」

返ってきたのは、予想できた問いだった。

教祖がどのような言葉を得たいのか、手に取るようにわかる。

「教祖様、貴方《あなた》が私に何を言わせたいのかは存じませんが……今の私は、神子を弟に持つことを切に願う身です。神の愛を信じて祈り続けている今、その願いが叶《かな》わずに断たれた時のことなど考えるべきではないと思っています。しかしその一方で……今夜の教祖様の御心に触れて、情とは計算通りにいかないものなのだと思い知りました」

「私の心に触れて？」

「はい、教祖様は贔屓生にすらなれなかった御子を……本来ならば役立たずと見なされる次男を、大層可愛がっておいでのようです。僭越《せんえつ》ながら、私もいずれ親心に似た気持ちを持つかもしれません。何しろ薔はこの手で育てた子供ですから、落伍《らくご》者の弟に対して私が無償の愛を抱く可能性は否めない。同時に、これもまた教祖様と同じく、自分の姿を写し取ったように似ている者を、無条件に可愛いと思う可能性もあります。神子の弟を持つという夢が破れた時……若輩の私の心がどう動いて、何を求めるか、それはその時になってみないとわからないことです」

神子になれない弟は要らない――そう言わせたいのであろう教祖の痛いところを突いた常盤は、薔も剣蘭も譲らぬつもりで教祖を見据える。

誰がどういう理由で赤子をすり替えたかも、本気で争えばＤＮＡ鑑定により確実に薔を奪われるであろうことも、自分の中にある愛と信念の前では些末《さまつ》なことに思えた。

自分以上に薔を愛している人間はいない。

相手は実の親。自分は育ての兄――常識的には確実に負けるが、しかし理屈ではなく、薔は自分の所に帰ってくるべきだと思っている。

「君は寡黙なイメージがあるが……喋《しゃべ》る時はよく喋るんだな。そんないい声で自信満々に語られると、無謀かつ非常識なことでも正しく聞こえてくるから不思議だ」

教祖は呆《あき》れているように見せかけていたが、瞳《ひとみ》の動きが不安定だった。

無謀かつ非常識だと言いながらも、常盤を責める資格も余裕も、今の彼にはない。

五十を過ぎても我が子への愛情のコントロールができず、おそらく彼自身予想外なほど楓雅を愛《め》でて愚行を働いてしまった教祖が、今後の感情の変化の可能性について言及した若い常盤を詰《なじ》れる道理がないのだ。

「常盤、我々の間には大きな問題が閊《つか》えているが、途中まで目的が同じなら今のところは足並みを揃《そろ》えて進めばいいことだ。そうだろう？」

「仰る通りです。まずは、薔が神子に選ばれるよう最善を尽くします」

「よろしく頼むぞ。三つ子の魂百までと言うからな。かつて君に懐いていたのなら、今も潜在的に君を求めて甘えたがっているかもしれない。今夜は君も疲れただろうし、紫苑のことは病院に任せてしっかり休んで、夜が明けたら学園に向かってくれ」

「承知致しました。紫苑様のこと、くれぐれもよろしくお願い致します」

常盤は教祖に向かって深く頭を下げ、改めて紫苑の手を握る。

やはり温《ぬく》もりがあり、表情は穏やかだった。

気管チューブの存在を無視すれば、疲れて眠っているだけのように見える。

――貴方をここに置いていくことを許してください。学園から戻ったら必ずお見舞いに伺います。その時に著しく回復していることを、心から願っています。

教祖は紫苑が神に見限られたと決めつけていたが、何を言われても常盤には今の状況が終わりだとは思えなかった。

これは紫苑の人生に必要な小休止であり、予定よりも一年ほど早く男娼紛《だんしょうまが》いの生活から抜けだせたことは、紫苑にとって最悪の展開ではないのだと信じたい。

「常盤、扉の先は針の筵《むしろ》だ」

常盤が病室を去る寸前、教祖は背中に向かって声をかけてくる。

控えの間で大半の神子に睨まれたことを、常盤とて忘れてはいなかった。

「かしましい神子達に何を言われても気にすることはないが、君は自分の性状を自覚して抑えるべきだ。君に溺れて人生を狂わせた人間が、これまでにも大勢いただろう？　その気もないのに目を合わせたりしないよう、自重しなさい」

「はい、ご忠告痛み入ります」

教祖に言われた言葉は、少年の頃に彼の嫡男《ちゃくなん》に言われた言葉に似ていた。

不品行だと指摘されているようで気分が悪いが、他人に異常に執着されて殺されそうになったり、勝手に死なれたり、もしも極道ではなく一般家庭に生まれていたら甚だ対処に困るような出来事が、少年時代から何度もあったのは事実だ。

彼らの多くは常盤の目を引きつけることを目的とし、迷惑をかけたり、凄絶《せいぜつ》な死に様を晒したりすることで常盤の記憶に自らの存在を刻みつけようとした。

──紫苑様は、あんな連中とは違う。

常盤は教祖に向かって一礼し、控えの間に続く扉を開ける。

紫苑が首を吊る前に何を考えていたのか、どれだけ苦しんでいたのか、彼以外の人間が正確に知ることはできないが、他人に迷惑をかけたりトラウマを植えつけさせようなどという、卑劣で身勝手な人間ではないことを、常盤は心の底から信じていた。

「教祖様がお許しになっても、僕は絶対に貴方を許さないから」

控えの間に戻った常盤を待ち受けていたのは、鬼の形相の杏樹だった。

四月までは薔のクラスメイトだった最年少神子で、アプリコットブラウンの大きな瞳と肩まで伸びた巻き毛が愛らしい、西洋人形のような美少年だ。

「常盤様が無自覚に色目を使うから紫苑は自殺したのに、御咎《おとが》めなしってどういうこと？　僕達は明日から儀式の回数が二倍三倍に膨れ上がって、このまま寝てりゃーいい紫苑とは大違いに、クソ汚いジジイともやらなきゃなんないんだよ。今夜だって紫苑がゲロ吐いたせいで僕がジジイの相手させられたんだから！　最悪、ほんと最悪！」

「杏樹、いい加減に落ち着きなさい。常盤様に向かってなんて口の利きようですか」

神子の中で一人だけ立っていた杏樹を窘《たしな》めるために、西王子一族の神子も立ち上がる。常盤を庇《かば》おうとする彼は杏樹より年長者だったが、しかし杏樹は一歩も引かずに常盤に詰め寄り、止めに入った神子を睨み据えた。

「常盤様は僕より格下でしょ、何が悪いの？　アンタと違って、僕は将来この人の世話になるわけじゃないから。常盤様は教祖候補の一人だけど西王子家は御三家の三番手だし、どうせ次期教祖は榊《さかき》様でしょ。しかも常盤様は神子を殺しかけたんだから、教祖になる資格なんてあるわけないし。だから僕は一生、この人の世話にはならないの！」

「無礼な！　いくら神子でも、御三家の次期当主に向かってよくもそんな……」

「うるさいなぁ、年増は引っ込んでなよ！」

杏樹は相当に気が立っているらしく、先輩神子を突き飛ばして怒鳴り散らす。

すでに他の神子も止めに入っていたが、杏樹の怒号はやまなかった。

西王子一族の神子三人と、それ以外の神子が二人、さらに常盤の叔父の於呂島と、その補佐官二人が加わって八人がかりで囲い込んでも激しく暴れ、常盤に食ってかかる。

「紫苑がいてくれなきゃ、僕が一番困るんだよ！」

杏樹は金切り声で叫んだ挙げ句に、大粒の涙を迸《ほとばし》らせた。

それなら何故、そう思うなら何故もっと――薔が言っていたように、紫苑に情をかけてやらなかったのか。そんなことをすれば銀了から嫌がらせを受けて生きにくくなる神子の事情はわかっているが、それでも常盤は言いたくなる。

暇を持て余して遊んでいる時間があるなら、毎日少しでもいいから紫苑の話し相手になってほしかった。淋しいあの人と一緒に、同じ時間を共有してほしかった。

「常盤様、紫苑は貴方のこと好きだったから恨んでないかもしれないけど、僕は違うよ。全身全霊で貴方を恨んでるから！　僕だけじゃないよ、ここにいる神子全員が、本心では貴方を恨んでるんだから！　常盤様のせいで儀式の回数が増えて、冗談じゃないよって、最悪って思ってる。これまでは皆だいたい常盤様のことが好きだったから運に恵まれてただろうけど、今夜からは神子十二人分の怨念《おんねん》を背負ってるってこと忘れないでね！」

杏樹が恨みの言葉を吐いた瞬間、頰《ほお》を打つ音が響く。

直前に割り込んできた銀色の長い髪が、常盤の眼前で大きく揺れた。

「な、何を……よくも僕の顔を……!」

羽交い絞めにされている杏樹の顔を引っ叩《ぱた》いたのは、教祖の愛人の銀了だった。

自分の顔を叩いたのが誰だか認識したあとも、杏樹は憤怒に満ちた目をして唸《うな》る。

「勝手に括《くく》らないで。貴方のような小家の子と一緒にされるのは不愉快。どのみち紫苑は近々引退する運命だったのだし、騒ぎ立てるほどのことでもないでしょう。神子の品格が疑われるような真似はおやめなさい。みっともない」

「はあ？　みっともないのはどっち？　自分だって大した家の出じゃないし、いつまでも今のまま威張ってられると思ってんのっ⁉　教祖様はアンタが毛色の変わった神子だから愛人にしてるだけで、神子じゃなくなったら乗り換えるの目に見えてるじゃん。だいたい紫苑より顔も頭もレベル低いし狐《きつね》顔だし、優位に立っても劣等感は消せなかった⁉」

杏樹の言葉に、銀了は澄ました顔を歪《ゆが》めて片手を振り上げる。

その手を止められる立場の者がここにはいなかったが、常盤だけは手を出した。

杏樹が再び叩かれるのを阻止すべく、銀了の手首を引っ摑んで高々と持ち上げる。

銀了は杏樹ほど小柄ではないが決して長身ではないため、半ばぶら下がるような恰好《かっこう》で爪先《つまさき》立ちになった。じたばたと暴れるたびに、自慢の髪が乱れていく。

「う、あ……何を……常盤様……⁉」

「杏樹様を叩くのはおやめください」

「どうして……っ、私は貴方を庇ってあげたのに！」

「杏樹様の仰っていることは概《おおむ》ね正しいので、手を上げる貴方をお止めせざるを得ません。それに教祖様は先程私にこう仰いました。教団の今後を担う若い神子を、より大切にするべきだと。紫苑様と同学年のうえに、紫苑様より十一ヵ月も早く神子に選ばれた銀了様の御褥すべりは、いつ頃なのでしょうか」

「放しなさい、無礼者！　私の恨みも買いたいんですか⁉」

常盤は銀了の求めに応じて手を放したが、そっと放したにもかかわらず、銀了は上体のバランスを崩して常盤から逃げるように倒れてしまう。

二人の周囲には大勢集まっていたものの、誰も手を貸さなかった。

銀了が床に膝をついても、髪が足元を這《は》っても、ただ見下ろすだけだ。

「——大丈夫ですか？」

凍りつく空気の中で、常盤は膝を折って銀了の背に触れた。

紫苑のことを思うと憎くてたまらない相手だが、今のところはまだ、教祖の愛人として権勢を振るい、陰神子狩りの執行を握る人物だ。そう無下にもできない。

しかしこのまま、銀了に勝手ばかりさせる気もなかった。

「銀了様、貴方は御神託を利用して陰神子を見つける力が弱まっているにもかかわらず、西王子家の椿《つばき》の名を挙げると言って私を脅し、軟禁しましたね」

「……っ、常盤様！」

この場には、神子と侍従長、そして数名の正侍従と、それぞれの補佐官がいた。

彼らの耳に入る状況を利用して、常盤は銀了に一矢報《いっしむく》いる。

「御神託は神聖なものです。偽るのは神への冒瀆《ぼうとく》。虚偽により当家の人間を不当な審議にかけて辱めれば、貴方を野放しにした教祖様まで責任を問われることになりかねません。貴方が陰神子として椿の名を挙げていいのは、本当に御神託が降りた場合のみです」

「――う……っ」

先手を打って椿の名を出せないよう封じた常盤は、人いきれの中で立ち上がる。

あくまでも紳士的に銀了の体を抱き起こしたが、彼は常盤が手を放すと再び、がくんと床に頽《くずお》れてしまった。


朱雀病院から、叔父の於呂島と共に教団本部に戻った常盤は、話がある様子の於呂島を自室に迎え入れた。病院の控えの間で常盤が軟禁などという物騒な単語を口にしたので、銀了との間に起きたことを確認したいようだった。

「常盤……大丈夫か？　あんなことがあったのだから当然だが、さっきから顔色が悪い。酒でも飲みたいところだろうが、我慢してハーブティーでも飲みなさい」

人前では常盤を目上の人間として扱う五十代の叔父は、早々にキッチンに向かって湯を沸かし始めた。

於呂島は常盤の父親の弟だが、常盤とはあまり似ていない。

かつては贔屓生だったこともあり、物腰柔らかな二枚目だった。

面倒見がよく穏やかな性格で、末弟の蘇芳《すほう》を殊《こと》の外《ほか》可愛がって調子づかせてしまった張本人とも言える。

一方で常盤に対しても他の叔父や叔母ほど遠慮せずに接して、母親にすら甘えられない環境で育った常盤を、陰でこっそりと甘やかしていた叔父だった。

「リンデンフラワーのハーブティーだ。不安や苛立《いらだ》ちを抑えて、安眠を促す効果がある。あまり考え込まずに今夜は早く眠った方がいい。それとも椿を呼ぶか？」

「……やめてくれ。今夜は独りで過ごしたい」

「こんな時は恋人と一緒に過ごすのが一番だと思ったんだが」

「学園からじゃ二時間以上かかる。呼んだところで来る頃には寝てる」

常盤は甘い花の香りを嗅《か》いでから、於呂島が淹《い》れたハーブティーに口をつける。

独りで過ごしたいという言葉は嘘《うそ》で、本当は人肌が恋しかった。

椿を呼ばれても困るが、こんな時は恋人と過ごすのが一番という考えには同意できる。

薔の元気な姿を見て、声を聞いて、肌に触れて——お互いが生きていることを確かめるようなセックスに溺れたら、何もかも忘れて眠りに就ける気がした。

「こういうことは久しぶりだな。以前はよく、お前を巡って刃傷《にんじょう》沙汰《ざた》が起きたりしたが、椿をそばに置いてからはすっかり減っていたのに。あれこそまさに懐《ふところがたな》刀というやつだ。それがこの通り、椿と離れて暮らした途端に邪恋に塗《まみ》れて……。いや、椿を巡って蘇芳と刃傷沙汰になったこともあったわけだから、あれの妖艶《ようえん》さも困りものだが」

「塗れて……と言うからには、銀了様も含めて考えてるのか？　紫苑様からその手の情を感じたのは事実だが、銀了様は違う。姫のことで脅されて軟禁されたのは、色っぽい話じゃない。紫苑様に対する嫌がらせだ」

「なんだ、そうだったのか。それを聞いて安心した。教祖様の愛人がお前に懸想《けそう》したうえ強引に迫って、何かあったのかと思った。肝《きも》を冷やすっていうのはこういうことだな」

ほっと息をつく叔父を余所《よそ》に、常盤は黙って喉《のど》を潤わせる。

高層ビルの三十五階から夜景を望むと、視線が学園の方角に引き寄せられた。

この茶を飲み終えたら於呂島を帰し、すぐに着替えて学園に向かうつもりでいる。

二十八日に開かれる読経《どっきょう》コンクールに乗じて潜り込む予定だったが、正面から堂々と、それも薔に会うことを職務として門を潜《くぐ》れるのだ。寝ていられるわけがない。

いつになく疲れていたが、休息など移動中に取れば十分だと思っていた。

「叔父貴……夜が明けたら学園に行くことになった。補佐官は置いていくから、紫苑様に付き添うよう伝えてくれ。詳しくはあとで連絡するが、戻りは明後日になると思う」

眠らずに今すぐ出発すると言うと反対されて面倒なので、常盤は教祖に言われた通り、夜が明けたら行くと言っておいた。

於呂島は常盤の学園行きを知らなかったらしく、「そうなのか」と少し驚きを見せたが、即座に笑みを浮かべる。

「こっちのことは任せてくれ。お前が椿と会えるならよかった」

「――ああ、まあ……そうだな」

「お前に会えなくて椿も不安な思いをしてるだろう。ここ数日、連絡を取ったか？」

先程からやけに椿の名を出されるので、常盤は首を傾《かし》げたくなる。

恋人ということにしているため当然と言えば当然だが、どうもしつこい気がした。

「叔父貴は俺のことを心配してるのか？　それとも姫が心配なのか？」

いったいどういう意図があるのか探る目を向けると、於呂島は困惑を見せる。

視線を逸《そ》らして言い淀《よど》んでから、観念した様子で息をついた。

「どちらも心配だ」

「……どういうことだ？」

「お前に関しては、紫苑様のことでショックを受けているだろうし、何より数名の神子に恨まれてしまったのは事実だ。運気が下がりそうで心配になる。椿に関しては……実は、うちの人間が紫苑様から妙なことを訊かれたんだ」

「――紫苑様から？」

於呂島の思いがけない言葉に常盤は驚き、全意識を摑まれる。

ティーカップを持っていることすらできなくなり、落としそうになったそれを辛うじてソーサーの上に戻した。ガチャンッと音が立ち、甘い香りの液体が飛び散る。

「いつの話だ？　誰がいつ紫苑様に会って、何を訊かれたんだ⁉」

「お、落ち着きなさい。ちゃんと説明するから」

ソファーから立ち上がりかけていた常盤に向かって、正面に座っていた於呂島は両手を広げて上から下に扇《あお》ぐ仕草を見せる。さらに「落ち着いて」と繰り返した。

「まさか、今夜の話か？」

「お前に話すべきか迷っていたんだが……そう、今夜の話だ。訊かれたのは看護師で」

「看護師……体調不良で降龍殿から出たあとってことか？」

「ああ、紫苑様は憑坐《よりまし》に膝を撫《な》でられた途端に逃げて吐き戻してしまわれたそうで。これまでは一度もそんなことはなかっただけに、医療部の面々も驚いていたらしい。ところが話はそれだけでは終わらなかった。たまたま医療センターで勤務中だったうちの看護師の腕の刺青《いれずみ》を見た紫苑様は……虎《とら》の刺青なんだが、それを見るなり突然、『椿姫はご無事でしょうか?』とお訊《たず》ねになったそうだ」

「――ッ……」

「椿は学園で竜虎《りゅうこ》隊隊長代理を務めているわけだし、本部の看護師には即答しようがない質問だったが、そう訊く紫苑様があまりにも思い詰めた様子で……目つきに尋常じゃないものを感じたため、彼は『何事もなくお元気です』と答えた」

「……それで、紫苑様は?」

「安心した様子で笑われたらしい。ところが、それからしばらくして紫苑様は首を吊り、医療センターにお前からの緊急連絡が入った。どうしていいかわからなくなって狼狽《うろた》えた看護師は、お前の不利になるのを恐れて私にだけ内密に知らせてきたわけだ」

身を乗りだして於呂島の顔を見据えたまま、常盤は心臓を摑まれて抉《えぐ》りだされるような痛みを覚える。

呼吸の仕方がわからなくなり、無理に酸素を求めると、不完全な肋骨《ろっこつ》がびきびきと軋《きし》み始めた。どうにか咳《せき》をこらえようとする体が、無意識に硬くなって縮こまる。

「常盤……っ、大丈夫か!?」

骨を守れば一層息が苦しくなり、心臓も肺も潰《つぶ》れてしまいそうだった。

しかし紫苑の苦しみを思えば、こんなものは掠《かす》り傷にも入らない。

人が自ら命を絶つ理由など、たとえ詳細に書き綴《つづ》られた遺書が残されていたとしても、他人にすべて理解することはできないと、常盤は思っていた。

今、自分が考えていることがどれだけ真実に迫っているかもわからない。

わかった気になること自体が傲慢《ごうまん》だが、それでも確かなのは、自分がついた嘘が紫苑を死に追いやったという事実だ。心の美しいあの人を苦しめた——償おうにも償いきれない自分の罪が、今はっきりと形を持って見えてくる。

「常盤……お前が悪いわけじゃない。ただ、今回は相手が神子様だったから……」

神子は誰かを憎んではいけない、恨んではいけない——それは神子になった人間が必ず教えられることだ。杏樹も銀了も恨み言を口にしたが、本来神子は心清らかでいなければならないもので、他人を恨めば相手の運気を落とし、場合によっては死を招いてしまう。

——紫苑様は姫に嫉妬《しっと》し、呪《のろ》いの念を抱いたんだ……。

それはどんなにか、あの人を苦しめただろう。

椿が消えればいいと、本気で願った瞬間が存在したかもしれない。けれども本当に椿に何かあったらと思うと怖くて、不安で、自らを危険な存在だと考えたのだろうか。

君に責任はないと教祖は言い、お前は悪くないと叔父は言う。

しかしそれは、紫苑に対して嘘偽りがなかった場合の話だ。

実際には、罪な嘘を重ねていた。

常盤の恋人は椿ではなく薔であり、どちらにしても陰神子だ。

紫苑がどんなに憎んでも恨んでも、二人が傷つくことはない。

惚れた相手の恋人を不幸にしてはならないと――紫苑がそう思って自殺を図ったなら、それは完全に無意味なことになる。

常盤が真実を紫苑に打ち明けていれば、紫苑は普通の人間と同じように、妬心《としん》を抱える自分を嫌悪するだけで済んだのだ。

他人を羨《うらや》む気持ちに苦しめられたとしても、自ら命を絶ってまで止めなければならない心ではなかったのに――。

「常盤、大丈夫か？　飲まずにいられないようなら、お湯割りでも作ろうか？」

「――叔父貴、悪いが学園に連絡を」

「あ、そうだな、やはり椿を呼ぼう」

「そうじゃない。今から行くから訪校準備をしておけと管理部に伝えてくれ」

「今から⁉　そんな真っ青な顔で何を言ってるんだ。休んでから行きなさい！」

常盤はソファーから立ち上がって上着を脱ぐと、リビングをあとにする。

於呂島はクローゼットルームの前まで追ってきて止めたが、構わず着替えた。

罪の重さを知って胸を痛めても、今すぐできることなど知れている。

薔も椿も守りたい。紫苑を目覚めさせたい――今やりたいことのために体が動いた。

自分が祈ったところで、神は何も聞き入れてはくれない。

ならば神の寵愛を受ける二人の力を借りるしかない。

薔と椿は、紫苑のために奇跡を願ってくれるだろう。

神は、愛する二人の神子の願いを聞き入れてくれるに違いない。紫苑とて、今でも神の愛を受けているはずだ。取り返しがつかない死は免れたのだから、希望は必ずある。


東京都中央区に聳《そび》え立つ、南条製薬本社ビル——八十一鱗《くくり》教団本部の地下道をバイクで駆け抜けた常盤は、ビルから約一キロ離れた教団関連ビルの駐車場から地上に出た。

霞《かすみ》が関《せき》から首都高に乗り、オービスのレーダー探知機を利用しながらスピードを上げていく。乗り物が好きな常盤は、バイクも車も専用倉庫や整備士チームを必要とするほどの台数を所有しているが、本部に置いていた個人所有のバイクは一台のみだった。

勇猛なデザインでありながらも、美しい流線を描く黒と銀の国産クルーザーだ。

安全性の高いワイド型のアイポートを備えたフルフェイスのヘルメットを被《かぶ》り、V型四気筒エンジン搭載の大型バイクを走らせて、東京の最西端N郡に向かう。

予報では晴れのはずだったが、八王子《はちおうじ》に入ると雨が降りだした。

風も強くなってきて、オービスとは無関係にスピードを落とさざるを得なくなる。

西に向かう車は少なく、木々が植えられた中央分離帯の向こうにはトラックがまばらに走っていた。キャンプ帰りと思われる一般車両の姿もある。

夏休みを意識させられる車両を目にした常盤は、激しく打ちつける雨粒を受けながら、自分が知っている高校生の夏休みを思い描いた。

今日は八月二十六日——関東の一般的な学校なら今頃はまだ夏休みのはずだが、生徒を敷地から一歩も出さずに育てる王鱗《おうりん》学園には、夏休みと呼べるようなものはない。

薔と同じ年頃の一般の少年達は、今頃どんな夏を過ごしているのだろう。

提出課題に追われたり、友人や交際相手と夏休み最後の思い出を作ったり、家族旅行に出かけたり、受験のための予備校通いで遊ぶ暇もなかったりと……それぞれの意思により選択可能な日々を、とりわけ自由だとは思わずに過ごしているかもしれない。

——薔……お前は海や川を見ることも、山に登ることもできず、剣道をやめさせられ、男に抱かれるのを避けるために入院して……一言も喋らずに耐えている。

四季の美しい国に生まれながら、同じ景色しか見られない弟が不憫《ふびん》でならなかった。

早く薔を自由にしたい。

伸び伸びと解き放ったうえで、改めて捕まえたい。

ライダーズジャケットに触れるのは雨や風ばかりだが、腹部に薔の腕の感触を覚えた。

捕まえたいと思ったのに、後ろから捕まえられている気がする。

——蕾……いつか後ろに乗せてやる。けどお前はきっと、自分で運転して俺の横を走りたがるんだろうな……。

初めて乗る時は怖がるだろうか。乗り物に慣れていないので、おそらく怖いだろう。

それを悟られないよう気丈な顔をして、ぎゅっと両腕を回してくるかもしれない。

今この瞬間、必要以上に強く組まれた蕾の手が、臍《へそ》の辺りにあるような気がした。

「——ッ!」

濡《ぬ》れた路面を走りながら異変を感じたのは、カーブに差しかかる手前だった。

教団本部を出てから先、別段問題のなかった肋骨に痛みを感じる。

幸い運転に支障が出るほどではなく、常盤は冷静に減速した。

午前三時に迫る中央自動車道を走る車は、事業用車両を除き、ほぼ例外なく法定速度を超えたスピードを出している。

風雨によって多少は落ちたが、それでもまだ速い。

痛みをこらえて慎重にカーブを曲がると、いきなり風が強くなった。

雨を瞬《また》く間に横に流し、さらには霧に変えるような突風が吹く。

風に煽《あお》られかけた次の瞬間、常盤は信じ難い物を目にした。

木々の向こう側を走る反対車線のSRV車から、ルーフマウントされていたオフロード自転車三台が外れ、中央分離帯を越えて目の前に飛び込んできたのだ。

乱れる視界の中、それらは一つの塊《かたまり》としてアスファルトに激突した。

車輪やボディ、そしてベースキャリアが弾けるように散らばり、常盤の行く手を阻む。

急ハンドルを切って避けたが、ヘルメットの一部がガードレールに接触したまま走行を続ける破目になり、頭蓋《ずがい》に金属のけたたましい摩擦音が響いた。

死の顎門《あぎと》に首を突っ込んでいるかのような、生きた心地がしない数秒間だった。

それでもなんとか死を逃れたと思った直後、後続の車が横から突っ込んでくる。

スポーツカーのフロントガラスには、折れた自転車が突き刺さっていた。

──……!!

全身が小さなボールになった感覚だった。

バットで打ち抜かれるような衝撃を受け、いとも簡単に宙に飛ばされる。

暗黒の夜空を飛ぶだけ飛んで、あとは重力に引き寄せられて頭から落ちていった。

──これは……天罰なのか？

ガードレールを越えて斜面に落下した常盤の体は、樹木に接触しながら転落した。

反射的に頭や首は庇ったが、四肢の在り処《あか》がわからず、到底止められない。

脳裏に浮かぶのは、呪いの言葉を吐く杏樹や銀了の顔。自分を睨みつける他の神子達の徒《ただ》ならぬ怒りの形相──ああ、意外と気にしていたんだなと、気づくと情けなくなる。

──……違う……これは、俺の失態だ。俺が、未熟だから……。

次に浮かんできたのは、虎咆《こほう》会専属医師であり友人でもある雨堂青一《うどうせいいち》の顔だった。車ですら自分で運転するなと言われていたのに、言うことを聞かなかったから……彼は酷く怒った顔をしている。

——早く会いたかったんだ……薔なら、紫苑様を救える気がして……。

幻の青一に向かって弁解しながら、常盤は自分の中にある本心を見いだす。

紫苑のためというのも嘘ではないが、何より自分が慰められたかったのだと気づいた。

薔は今とても苦しい状況にあるのに、早く会って、あの子の胸で慰められたい。こんな土や草や雨の臭いのする場所ではなく、薔の匂《にお》いに包まれていたい。

——薔……お前を慰めてやれと、教祖や楓雅から頼まれたのに……俺はお前に甘えて、お前を感じながら眠りたくて……。

常盤は痙攣する瞼《まぶた》を持ち上げ、状況を把握しようとする。

亀裂《きれつ》の走るシールド越しに見えたのは、自分の左手だった。

不自然な方向に折れ曲がり、裂けた革のグローブから古い火傷《やけど》の痕が覗いている。

かつて龍神の怒りを買った身であることを思いだせ——とばかりに、瘢痕《はんこん》の残った掌《てのひら》が口を開け、夥《おびただ》しい血を吐いていた。

7

八月二十六日、午後六時。私立王鱗《おうりん》学園、西方エリア。

制服姿で机に向かいながら、薔《しょう》は病室のドアを気にしていた。

スライド式のそれが、いつ開くかいつ開くかと楽しみだった時間はすでに終わり、今は胸騒ぎと苛立《いらだ》ちを感じている。

目が覚めたのは、今から十二時間前だった。

朝の検温時に看護師から、「今日は常盤《ときわ》様がお見舞いに来てくださるそうだよ」と、嘘《うそ》のような一言を聞かされた瞬間、目の前が薔薇《ばら》色に変わった。

発声障害を装うのを忘れ、「いつ⁉」と訊《き》きそうになったくらいだ。

顔に出ていたのか、看護師は微笑《ほほえ》みながら「早い時間にいらっしゃると伺ってるよ」と教えてくれたが、それ以降、何故か誰も病室に来なかった。

朝食や昼食は運ばれてきたものの、看護師や竜虎《りゅうこ》隊員ではなく、衛生キャップを被《かぶ》った厨房《ちゅうぼう》の職員が直接運んでくるという、普段と違う状況が続いている。

その後は医師による回診もなく、どう考えても何か隠しているとしか思えなかった。

――予定が狂ったのか？　それなら中止になったって言えばいいはずだよな。

薔は筆談用のノートを手に、病室の唯一の出入り口であるスライドドアを叩《たた》く。

その先は細い通路になっていて、竜虎隊員が常駐している警護室があった。

しばらく待っていると隊員が外側からドアを開け、開口一番、「常盤様はまだお見えになっていない」と言ってきた。

薔のノートには、『常盤サマはいつ来るんですか？』と書いてあり、すでに何度も見せているので仕方がないが、彼はノートに目を向けることなく答えている。

『リハビリ室を使いたいです』

薔はノートに新たに書き加えた一文を指差して、今は別の用事だとアピールした。

警護室の前を通過した所にドアがもう一つあり、その先には広い廊下が延びている。

薔は自傷行為に走る危険性が低い患者と見なされているため、病室に監視カメラを設置されたり拘束監禁されたりはしておらず、許可を得ればリハビリ室や図書コーナーを利用することができた。いずれも贔屓生《ひいき》専用フロア内にある。

――ここにいればエレベーターのドアが見えるし。

リハビリ室に入った薔は、ジャージに着替えることなく入り口のベンチに座った。

ウォーキングマシンやエアロバイク、ヨガマットなどが置かれたリハビリ室は、正面が窓、左右が鏡、出入り口側は全面硝子《ガラス》張りになっていて、ナースステーションから見える仕様だ。

逆に言えば、リハビリ室から男ばかりのナースステーションを覗《のぞ》き見ることもできた。

その後方にあるエレベーターホールや、二基あるエレベーターのドアもよく見える。

——常盤は堂々と俺の見舞いに来ることになってるわけだから、それはたぶん……いや間違いなく楓雅《ふうが》さんのおかげだ。教祖様に俺の病状を大袈裟《おおげさ》に話してくれたから……。

教祖は薔が西王子《さいおうじ》家の次男であることも、少年期の常盤が薔を大切に育てていたことも知っている。

だからこそ一度は二人を引き離したが、常盤の代わりに竜虎隊隊長になった蘇芳《すほう》のせいで薔が心を病んだため、兄弟を再会させることにしたのだ。

教祖としては、入院中の贔屓生が降龍の儀に参加できるよう回復させ、今年度二人目の神子《みこ》を得たい——という理由で常盤に見舞いを許したのだろうが、兄弟を会わせるという結論に至ったのは、教祖自身の考えではないと思われる。

楓雅と密会して、新しい神子を得るために必要不可欠なこととして進言されたうえで、切実に頼まれたからだ。

——楓雅さんは長男じゃないから、神子になるよう期待されてたんだろうけど、神子になれなくたって楓雅さんみたいな息子だったら親は自慢に思うはずだ。文武両道なだけじゃなく性格もいいし、背が高くてカッコよくて、凄《すご》い豪華な金髪の持ち主で……。

楓雅の頼みなら教祖は叶《かな》えてくれると、薔はこれまで祈るように信じてきた。

その通りになったことは、本当にありがたいと思っている。

しかし何故、常盤は予定通りに来ないのか。

糠喜《ぬか》びはつらいが、こうなってくると心配で胸が潰《つぶ》れそうで、一刻も早く誰かの口からはっきりと、「急用で延期になった」と言われたい。「到着されました」という一言が聞けないなら、がっかりする内容でも構わないから安心させてほしい。

――隊員の様子が変だし、椿《つばき》さんは来ないし。

薔は警護室の隊員が交代するたびに、『椿隊長代理と話したいです』とノートに書いて、椿から事情を聞こうとした。

しかし多忙を理由に会ってもらえず、他の隊員が来ることもない。

常盤が見舞いに来ると聞いてから、すでに半日。真夏の午後六時は夕方らしさの欠片《かけら》もないほど明るいが、薔の胸に燦々《さんさん》と輝いていた太陽は沈み込み、今はただ、不安ばかりが心の隅々まで行き渡る。狭い部屋の中に、濃灰の煙が充満していく感覚だった。

「……っ、あ」

誰もいないリハビリ室で、薔はうっかり声を漏らす。

硝子越しに見ていたエレベーターのドアが開いて、隊長服姿の椿が降りてきた。

頭の中で「椿さん！」と叫びながら、薔は硝子をドンッと叩く。ナースステーションに詰めていた男性ナースが全員振り返ったが、構わずさらに叩いた。

「薔様……」

他の人間に声が届かないリハビリ室に入ってきた椿は、薔が驚くほど青ざめていた。色白で唇の赤い人なので、変化が顕著にわかる。

頬《ほお》から赤みが抜けて透けるように白くなり、唇は紫色を帯びて見えた。

「ご報告するのが遅くなってしまい、大変申し訳ありませんでした。とても不安な時間を過ごされたことでしょう……本当にすみません、思うように動けなくて」

薔は硝子の壁面に沿うベンチから立ち上がり、『トキワに何かあったんですか？』と、大急ぎで書く。さらに椿への気遣いとして、『大丈夫ですか？』とも書いた。

椿相手なら詐病だと知られても問題はないし、いっそ喋《しゃべ》ってしまおうかとも思ったが、こちらに視線を向けているナースもいるので我慢した。

「常盤様は今朝こちらに向かっている途中で、交通事故に巻き込まれました」

椿が語る話は、薔が予《あらかじ》め想像していたものの一つだった。

椿の顔色を見た瞬間から、何か悪いことが起きたのは察していたが……しかし覚悟などなんの意味もない。ノートを持ちながらも左手に握っていたネクタイピンが、掌《てのひら》に深々と食い込んで痛かった。ペンを持つ右手も、小刻みに震えだす。

「意識不明の重体という一報が入りましたが、常盤様がそんな目に遭うなんてどうしても信じられなくて……搬送された病院に行ってきたところです」

「……っ、それで、常盤は⁉」

薔は遂に声を出してしまったが、椿はそれほど驚きはしなかった。むしろ冷静に対処し、薔の肩に手を触れるなりナースステーションに背中を向ける形でベンチに座らせる。自分も隣に腰かけ、「筆談に見せかけてください」と言って、ペンを握る手に触れてきた。

「――常盤様がどこの病院に搬送されたのか、それがなかなかわからなくて……ようやく判明して到着した時には、御母堂《ごぼどう》様が……常盤様のお母様が、すべてを取り仕切っている状況だったんです。御母堂様は私にとっては血の繋《つな》がった伯母ですが……正直あまりよい関係ではありませんので、病室に近づくことは許してもらえませんでした。ただ……別の親戚《しんせき》から聞いて、ある程度のことはわかりました」

薔は椿に促されるまま、ノートの表面にペン先を当てていた。

しかし手の震えは止まらず、ノートもペンも共に揺れ動きながら、心電図の線のような汚れを増やしていく。時に同じ位置で止まると、インクが染みて黒点になった。

顔を上げ、負けず劣らず黒い椿の瞳《ひとみ》を見据えた薔は、常盤の母親が甥《おい》の椿を嫌っている理由を思いだす。

常盤の叔父の蘇芳から聞いた話によると、常盤の母親は、椿の妹を……つまりは自分の姪《めい》を常盤の妻にと考えているのだ。

椿のことを常盤の暫定的な恋人として認めながらも、本心では息子が同性と恋仲にあることが嫌なのだろう。現在でも表向きは常盤の恋人は椿ということになっていて、常盤の母親もそう認識しているはずだが、それでも会わせないのは余程のことに思えた。

見舞いにきた恋人を母親が門前払いするなんて、二人が本当に恋人同士だったら……と仮定すると、あまりにも酷《ひど》い話だ。

「これからお話しすることは、誰にも洩《も》らさないでください。約束できますか？」

「は、はい……約束します。常盤は、常盤は無事なんですか⁉」

「結論から言えば、常盤様は一命を取り留めた状態です。順を追って話しますが……まず昨夜の出来事から。教団本部で、元陰神子の紫苑《しおん》様が自殺を図ったそうです。七月の競闘披露会の時に、馬車の中で杏樹《あんじゅ》様が紫苑様について色々と酷い話をしていたことを憶えていますか？」

「はい……もちろん憶えてます。自殺って、どうしてそんな……」

「幸い未遂に終わりましたが、自殺を図った理由は……紫苑様が常盤様に恋心を抱いて、儀式で他の男に抱かれるのがつらくなったから──という見方が濃厚のようです」

同情を含んでいるのがわかる椿の話し方を受け、薔は考えが及ばなかった展開に呆然《ぼうぜん》とする。言われてみれば不思議ではないのに、事前に思いつくことはできなかった。

──紫苑様が……常盤に恋心を……。

薔は常盤に対して、紫苑に優しくしてあげてほしいと言ったことはない。

実際に二人の間に交流があったのかなかったのか、それはわからないが、常盤と言葉を交わしたことがなくても恋に落ちる人間がいるのは確かだ。正侍従代理と元陰神子として二人に接点があったなら、紫苑が常盤に恋をしてもなんら不思議はなかった。

「紫苑様は助かりましたが、植物状態になってしまわれたそうで……教祖様のご判断で、そのまま神子を引退されることになりました。そうなると他の十二人の神子は困ることになります。儀式の回数が二倍三倍に増え、嫌な憑坐《よりまし》を紫苑様に押しつけることができなくなってしまうわけですから。そのことで怒って気が立っていた数名の神子が……常盤様に面と向かって呪《のろ》いの言葉をかけたそうです」

「神子から、呪いの言葉を」

「はい。ご存じの通り常盤様は信仰心の薄い方ですが、天罰を受けたことがあるだけに、龍神《りゅうじん》の存在自体は信じていますし、運のよし悪しも何かと感じていると思います。運というものは気にする人にほど左右するものなのに……バイクで学園に向かわれて、反対車線の積み荷が崩れて起きた事故に巻き込まれてしまいました」

「それで……っ、常盤は今どういう状態なんですか⁉」

紫苑のことや、呪いの言葉をかけた神子のことなど、訊きたいことは山ほどあった。

しかし何よりの問題は常盤の容体で、それを聞くまでは他のことなど考えられない。

椿は結論として、「一命は取り留めた」と言っていたが、そんな曖昧《あいまい》な結論ではとても納得できず、胸騒ぎは少しも治まらなかった。

「直接お会いすることは叶いませんでしたが、意識が戻られて、意思の疎通ができるのは間違いありません。常盤様は事故のショックによる高熱で魘《うな》されながらも、『王鱗病院に移してくれ』と、何度も仰《おっしゃ》っているそうです」

「王鱗病院て、もしかしてここのことですか？」

「はい……学園内ではそう呼びませんが、外からは王鱗病院と呼ばれています。常盤様は現在、救急搬送先の病院の集中治療室にいらっしゃいますが……ご本人の希望通り、近々転院されることになるでしょう」

椿の言葉に、薔は確かな希望を見いだす。

常盤が事故に巻き込まれたことも、意識不明の重体という言葉も衝撃だったが、しかし常盤が生きていて、正常な思考が働いているのは間違いない。

学園内の病院に移りたがるのは、何が起きても会いにこようとしてくれている証拠だ。

「常盤様は薔様の近くに来たいんだと思います。でも、それは難しいようです」

病床にあっても変わらない常盤の気持ちに縋《すが》る薔に、椿は希望を断つ一言を口にする。

蜘蛛《くも》の糸のように細く繋がっている心を、大鉈《おおなた》を振るって断たれた感覚だった。

「難しいって、どういうことですか？」

「この病院では、重体や重傷の患者を受け入れることができないからです。王鱗学園では生徒や学生を卒業まで外に出さずに育てますが、それは健康な人間に限った話で……命に係わる疾病《しっぺい》となれば外の病院に移されます。ここから最も近い病院は、朱雀《すざく》西東京病院。八十一《くくり》鱗園の中にあります」

「八十一《くくり》鱗園……」

薔は断たれた希望を再び繋ごうとして、隣に座る椿に答えを迫る。

筆談の振りをしろと言われたのも忘れ、左手に握ったネクタイピン同様、右手でペンを強く握り締めて軋《きし》ませた。

「学園の正門から約二キロ離れた所にある村で、教団信者のみが暮らしています。村とはいっても十分発展していて、学園育ちの信者にとっては住みやすい場所です。朱雀西東京病院は、八十一《くくり》鱗園で暮らす教団員と、学園内で重篤な患者が出た場合のために作られた病院で、教団が経営する医療施設の中で三番目に規模の大きい病院になります」

「常盤は、そこに移されるんですか？」

「その予定です。御母堂様は、西王子家にも教団本部にも近い都心の朱雀病院に移そうと思っていたようで……確かに本来ならそうするのが自然ですが、常盤様ご自身が学園内の病院に移りたいと頑《かたく》なに仰るため、妥協案として学園に近い朱雀西東京病院に移すことを決めたようです。もちろん、ご容体次第ではありますが」

薔が相槌《あいづち》すら打てずにいると、椿が突然、「お願いがあります」と言ってきた。

がくがくと震える左手を押さえられ、力強く包み込まれる。

「お願いって、なんですか？」

「お願いするまでもないことですが、常盤様の回復を神に祈ってください」

「そんなこと……」

「当たり前だと思われるかもしれません。でも……もし今回の事故が複数の神子の怒りを買ったことによるものだとしたら、それを打ち消すには私達二人が常盤様の運気を上げていくしかないと思います。本当は、常盤様が神子を抱いて龍神を降ろすのが一番ですが、それが叶わない以上……私達にできることはひたすら祈ることです」

椿の言葉に、薔は首を横に振った。

常盤のために祈るのは当然だが、否定したいのは、祈ることしかできないという点だ。今すぐ常盤のそばに行きたくて、全身が、全神経が彼に向かっているのに、何故そばに行けないのか。何故自分は今こんな場所にいるのか。

まるで理解できなかった。今こそ神子としてそばにいて、最高の強運を与えて奇跡的な回復に導くべきなのに。常盤の容体を詳しく知ることもできず、離れたまま祈ることしか許されないなんて……そんなのはおかしい。絶対に納得できない。

「常盤に会わせてください！　今すぐ会いたいんです！」

「そんなふうに感情的になってはいけません。常盤様が動けない今、薔様はこれまで通り入院し続けて、九月十日の儀式を自力で逃れてください。私が隊長代理として不正を働くよりも、その方が確実ですから」

「その頃まで常盤に会わずにいたら、俺は死ぬと思います」

「それは……」

薔は椿の前で左手を開き、握っていたネクタイピンを見せた。

リハビリ室に射し込む光は微々たるものだったが、それでもプラチナは光を集め、鋭い輝きを放つ。

「最後に龍神を降ろしたのは、これを拾った時……七月三十日の夜。日付上は三十一日になってました。あと少しで一ヵ月……。九月十日まで誰にも抱かれずにいたら、俺は神の怒りを買って死ぬかもしれません」

「薔様……いざという時は、他の男に抱かれて延命する覚悟がありますか?」

「――っ!?」

思いがけない問いに耳を疑った薔は、しかしすぐに、椿の質問が至極当然のものであることに気づく。

いざという時――命の限界の期日が迫っても常盤に会う術《すべ》がない時や、会えても常盤が自分を抱けない状況にあるなど、いくつかのケースが考えられる。

その場合、常盤が相手でなければ嫌だと拒んで命を落とすのは、如何《いか》にも馬鹿馬鹿《ばかばか》しい話だ。そんな選択を自分がして、貞操を守ったまま死んだとして……それを知った常盤が喜ぶわけがない。

「覚悟なんてありません。俺は必ず常盤に会います。常盤の体に龍神を降ろします」

「薔様……」

「会えなかった場合のことを、今から考える気はないです」

椿は毒気を抜かれた顔をして、紫色を帯びた唇を引き結ぶ。

甘い考えだと言いたい様子だったが、薔とてそんなことはわかっていた。

常盤に今すぐ会う方法など、すぐには思いつかない。脱走の計画は過去に何度も練ってみたが、今となってはどれも実行不可能なものだったとわかる。

しかし脱走するしかない。どんな手を使っても学園から出るのが先決だ。

八十一鱗《くくり》園が学園から約二キロの場所にあるなら、塀さえ越えればすぐに行ける。

──いざという時のことも……もしもの場合も、今は考えない。

覚悟というなら、何がなんでも常盤に会うという覚悟だけはあった。

そのためならなんでもできる。常盤に会いにいき、常盤に抱かれて彼の運気を上げる。

降龍によって常盤を助け、同時に天罰を回避するための脱走──これまでとは違って、明確な目的がある脱走だ。

椿が帰ったあと、薔は何事もなかったかのように病室に戻り、夕食を摂《と》った。

しかし頭の中ではすでに脱走計画が進行している。自分が冷静か否かはわからないが、脱走したあとのことも考えたうえで、特殊な方法を取ることに決めていた。

どんなに上手《うま》く塀の外に出られたとしても、自分がいなくなればすぐに捜索されるのは目に見えている。

行き先は八十一《くくり》鱗園の朱雀西東京病院の常盤の病室——と推測されるだろうし、常盤に会う前に捕まるか、たとえ会えても一瞬で引き裂かれ、学園に戻される可能性が高い。

楓雅が教祖に話をつけてくれて、ようやく常盤と堂々と会えるようになったのだから、その事実をもっと生かすべきだと思った。

公然と再会して、なおかつ強引に引き裂かれなくても済む方法が一つある。

よくよく考えたうえで、薔は筆談用ノートに『図書コーナーに行きたいです』と書き、それを警護室に詰めていた竜虎隊員に見せた。夕食後に図書コーナーから本を借りてくることはこれまでにもあったので、特に不審を抱かれることはない。

ナースステーションの横を抜けて小さな図書コーナーに向かった薔は、本を選ぶ振りをしながら非常口に目を向けた。

緑色のパネルの下にある扉は金属製で、常に鍵《かぎ》がかかっている。

その先が外階段になっていることは、近くの窓から見えるので知っていた。

さらに薔は、以前楓雅から聞いた話を思い起こす。

楓雅は、「非常口を示すパネルが緑なのは、炎の赤い色に対して緑は補色関係にあって、火事の時でも見やすいからなんだ」と言っていた。同時にもっと重要なことも――。

『この学園の非常口の大半は電子ロックがかかってるけど、非常ボタンが押されると解除される。間違いだとわかれば、すぐにまたロックされるけどな……』

楓雅の声で再生される過去の言葉を信じた薔は、半袖《はんそで》の制服姿で図書コーナーを離れ、非常ボタンに近づく。

赤いボタンは非常口のすぐ近くにあり、ナースステーションから誰か追ってきても逃げきれる距離だった。

薔は非常ボタンの中心を見据えて息を詰め、臍《ほぞ》を固める。

ベルは透明のアクリル板ごと強く押すタイプで、奥に見えるボタンまで、アクリル板を押し込まなければならない。悪戯《いたずら》で軽く押したり、うっかり肘《ひじ》が当たった程度では絶対に鳴らないよう、強固な造りになっていた。

利き手の親指をアクリル板に当て、力を入れる。

ジリリリリリ――ッ‼　と、防災訓練で聞いたことのある音が響くと思った。

轟音《ごうおん》を覚悟してアクリル板を押し始めた瞬間、「薔！」と声をかけられる。

気にせずこのまま非常ベルを鳴らすか、手を止めて振り返るか——答えが出る前に腕を引っ摑《つか》まれる。とても大きな手だ。常盤と同じくらい力強く、重みがある。けれど常盤の手よりも白くて、シャツの袖にはグリーンのストライプ柄が入っていた。

「楓雅さん……⁉」

振り返って楓雅の顔を見た薔は、髭《ひげ》がなくなった彼の顔を見て思わず声を上げる。

まるで高等部時代に戻ったかのように若返った楓雅は、滑らかな顎《あご》を手の甲で軽く撫《な》でながら苦笑した。

「声、出るようになったんだな……よかった。けど今はまだ黙ってた方がいい」

「——っ……」

「とにかく病室に行こう。騒ぎを起こすよりいい方法を考えるんだ」

楓雅は薔の手を非常ボタンから引き離すと、半ば強引に歩きだす。

これまで楓雅は、南条《なんじょう》一族の竜虎隊員や医療関係者が揃《そろ》ったタイミングを狙《ねら》って極秘に見舞いにきてくれていたが、今は違うように見えた。

ナースステーションに詰めている看護師の多くは、楓雅と薔に注目している。

しかし誰も問題視せず、贔屓生専用フロアに大学生がいることを不審に思ってはいない様子だった。挙げ句の果てに警護室の竜虎隊員まで、すんなりと楓雅を通す。

──どういうことだ？　常盤と同じように、楓雅さんも許可を？

あまりにも堂々としている楓雅に気勢を削がれた薔は、部屋に入るなり立ち尽くす。中断された計画に対する恐怖心が、突如ぶわりと膨れ上がって襲ってきた。もしも決行していたら、今頃どうしていたのだろう。

楓雅が止めなければ確実にベルを鳴らしていたはずだが、果たしてその後も思い通りに動けただろうか。

「非常ベルを鳴らしてどうするつもりだったんだ？　非常口から逃げたところで竜虎隊か看護師に捕まるし、もし上手く躱《かわ》しても精々病院の敷地から出られるだけだろ？」

「……常盤が事故に遭ったって聞いて……病院に、行きたくて……」

薔は楓雅が順応教育の実地訓練から戻ってきたばかりであることに気づき、常盤の件を知っているものと推定して話した。

教団の準構成員という低い立場の大学生とはいえ、内々では教祖の息子として扱われている以上、椿が知っていることは楓雅も大方知っていると判断していいと思った。

むしろ、内容によっては椿を上回る情報を持ち得るのかもしれない。

「常盤さんは今のところまだ一般の病院にいるんだ。八十一鱗《くくり》園てとこにある教団直営の病院に近々移る予定になってるみたいだけど、そこに行くにしたって非常ベルを鳴らしたくらいじゃ無理だ。学園から脱走する前に必ず捕まる」

「そんなことわかってる……俺は、脱走しようとしたわけじゃない！」

「どういうことだ？　じゃあなんで非常ベルを？」

　楓雅は問いながらも薔の声が警護室の隊員に聞こえるのを心配している様子で、指先を自分の唇に近づけてみせた。静粛を促すと、薔の手を引いて嵌《は》め殺しの窓に向かう。

　警護室から離れた位置に立った楓雅は、「何をするつもりだったんだ？」と改めて訊いてきた。いつも通り優しげだが、返答次第では色をなして怒りそうにも見える。

「非常口から、屋上に上がろうとしたんだ」

「屋上に？」

「この前、話しただろ……俺は、神子だから……ここの屋上から飛び降りたって怪我《けが》する程度で、死にはしないと思う。でもきっと凄い怪我して、ここの医者に匙《さじ》投げられて……そしたらもっと大きい病院に行けると思った。八十一鱗《くくり》園の朱雀西東京病院に入院して、常盤も同じ病院に転院してきたら、見舞いにいったり、リハビリとか一緒にできるような気がしたんだ」

　話している途中から自分が馬鹿に思えてきて、黙っていればよかったと後悔した。

　こんな計画を聞いたら、楓雅はきっと怒るだろう。それどころか悲しむかもしれない。

　幼い頃からいつどんな時でも味方になってくれた親友のような先輩だったが、さすがに呆《あき》れて愛想を尽かされるかもしれない。

「……っ、あ……」

俯《うつむ》いているといきなり抱き寄せられ、厚みのある胸に顔が埋まる。

楓雅がどういうつもりかわからなかった蕾は、目を瞬かせてから視線を上向けた。

夕食後だが陽は落ちきらず、窓の鉄格子が作る影が、蜂蜜《はちみつ》色の髪に明暗をつけている。

影になっている部分ですら煌《きら》めく髪の隙間《すきま》から、酷く悲しげな金色の瞳が見えた。

「間に合ってよかった」

「楓雅さん……」

「あと少し出遅れて間に合わなかったら、どれだけ後悔してたかわからない。今の顔から察するに、自分でも馬鹿なこと考えてたなって思ってるだろ？　反省してるよな？」

「──してる」

素直に答えると、髪をわしゃわしゃと乱される。

声にならないような小さな声で、「馬鹿だな……」、「ほんと馬鹿」と連続して言われ、体中の骨が軋みそうなくらいきつく抱きしめられた。

「楓雅さん……っ」

「神子だってことに甘えて、自分を傷つけたりしちゃ駄目だ。自傷行為に走ったら、神はお前を見限るかもしれない。死ぬことだってあり得るし、重篤な障害が残ることもある。そうでなくても、お前が痛い思いをするのは嫌だ。常盤さんだって望んでない」

楓雅の口から自傷行為と言われるまで、蕾は自分がしようとしていた行為が、一般には自殺と見なされるものであることを失念していた。

余程冷静さを欠いていたのか、自分は神子だから死なないと思い込み、屋上からの飛び降りを、一時的に怪我をするだけの行為として認識していた。

この病院の屋上は降龍殿の五階よりも高いのに、手足が折れる痛みくらいしか覚悟していなかったのだ。意識を失ってもしばらくしたら戻り、怪我も驚異的な早さで治って……何もかも自分の思い通りに事が運ぶ夢を見ていた。それにより陰神子だと判明する危険があるにもかかわらず、都合の悪いことは何も見えていなかった。

——常盤はきっと、元陰神子の紫苑に……紫苑様に同情していたはずで……そのことがきっかけになって紫苑様が自殺を図ったなら、凄いショックを受けたはずだ。それなのに俺が同じようなことをしたら……無事だったとしても悲しむ。神子なら何やっても助かるなんて保証はないし、俺はなんて馬鹿なことを……現に、紫苑様が植物状態になったって聞いたばかりなのに……。

がくんと膝《ひざ》の力が抜けたが、楓雅に支えられていた蕾の体は沈まない。

八月十日の儀式の時も、こんなふうに常盤や楓雅に支えてもらった。

降龍殿の五階から落ちて死んでいたかもしれない自分を、危険を顧みずに助けてくれた二人がいるからこそ、今こうしていられる。

なんの痛みもない体は、神に与えられた幸運によってあるのではなく、二人の気持ちと行動によって与えられたものだ。

「……ごめん、楓雅さん……常盤が事故に巻き込まれて重体だって、椿さんから聞いて、その時はまだ……いくらか冷静なつもりだったのに、だんだん動揺してきて……この作戦だって、ちゃんと頭を振り絞って考えたつもりだったんだ。けど、馬鹿だった。この前も感情的になって傘振り回してるとこ見られるし、ほんとに……恥ずかしい」

「自分を傷つけるくらいなら、傘を振り回して大暴れして、椿の花を叩き落としてる方がまだましだ」

「ごめん……」

楓雅の肩に顎を埋めたまま謝った薔は、「ごめんなさい」と改める。

深く反省していたが、かといって顔を見て言うことはできず、抱き留められているのを利用した形になってしまった。

「わかってるよ」

楓雅はいつも以上に優しい声で、ぽんぽんと頭を撫でながら言ってくれる。

いくらか落ち着いた薔は、楓雅に促されるままベッドマットに座った。

楓雅も隣に腰かけ、竜虎隊員に聞かれないよう二人で声を潜める。

「常盤の容体……どうなんだ？　楓雅さん知ってるんだろ？」

「ごめん……その件に関してはたぶん椿さんの方が詳しいと思う。救急搬送されてすぐに西王子家の人達が駆けつけて、ごく近しい人しか近づけなかったみたいで……俺が人伝《ひとづて》に聞いたのは、命に別状はないってことと、意識もはっきりしてるってこと。あとは、近々八十一《くくり》鱗園の中にある病院に転院するってことだけ。そこは教祖様の姉が……つまり俺の伯母に当たる人が取り仕切ってるそうだから、常盤さんが転院すれば情報が入ってくると思う。何かわかり次第伝えるよ」

「楓雅さん……」

命に別状はないと言われたことと、今後の情報を得られるとわかったことで、薔はようやく肩の力を抜く。

自然と大きな溜《た》め息が漏れて、張り詰めていた体から緊張が解けていった。

楓雅が背中を摩《さす》ってくれることもあり、解《ほぐ》れ過ぎた体が、横や前に向かってくったりと倒れそうになる。喋ったら涙声になりそうで、迂闊《うかつ》に口を開くこともできなかった。

「教祖様にお願いして、常盤さんだけじゃなく俺も見舞いにこられるようになったから。これからは堂々と来るよ」

「……本当に？　なんで？」

「俺の出自は秘密だけど、俺は薔と仲のいい上級生だし……周囲の認識としては義兄弟の契《ちぎ》りを交わした二人って感じだろ？　そう思われてるのを利用することにしたんだ」

楓雅は薔の肩を抱きながらにっこり笑うと、「仲よくしといてよかったな」と、同意を求めてきた。

「常盤さんと薔を引き合わせるためには、教祖様に対して……薔を神子にするにはそれが必要不可欠だと訴えるより他になかった。不本意だけど、薔の心身が安定して降龍の儀に参加できるようになって、最終的に神子に選ばれるのが教団側の希望だから、その目的に添う形で話を持っていくしかないだろ？　常盤さんも俺も、薔を神子にしたがってるってことにしておかないと、引き離されちゃうからな」

「楓雅さん」

「薔の発声障害を治して健全な状態にするためには、何よりもまず常盤さんが必要で……代打は俺って力説したわけ」

上手くいったよ——と言わんばかりに得意げな顔をした楓雅は、しかし本当に笑ってはいなかった。口元は笑みを湛《たた》えているのに、目は悲しそうなまま……どこを見ているのかわからないほど遠くに焦点を合わせている。

「大丈夫だよ、神子に愛された男は運気が上がるって言われてるし」

楓雅は鉄格子の先に顔を向けたまま、左手の甲に触れてきた。

掌を開くよう促されていることを感じた薔は、甲を下向きにしてから拳の力を抜く。

「声、いつから治ってたんだ？」

「……ごめん……読唇術の勉強までしてもらって……楓雅さんには本当に申し訳ないって思ってた。最初は演技じゃなく声が出なくて、このまま治らなかったらどうしようって、本気で不安だった時もある。けど少しずつ気持ちの整理がついて、三日目くらいに突然、喉《のど》の締めつけがなくなるみたいに治った」

薔はありのままを告白してから、自分が楓雅に対してまで演技を続けた理由を話そうと思った。楓雅にとっては聞き苦しい話かもしれないが、信用していなかったわけではないことを、きちんと伝えたかった。

「蘇芳隊長から、椿さんと常盤が……特別な関係にあったって聞いたんだ。それから……椿さんに対して、それまで以上に複雑な感情を持った。常盤の従弟《いとこ》なんだし、常盤に信頼されてる人で、いい人だって思ってるけど……でも駄目だった。椿さんの顔を見ると胸がざわついて、声を……出したくなくて」

「うん、わかるよ」

薔は握っていたネクタイピンを楓雅に見せ、改めて彼と目を見合わせた。

「楓雅さんが南条家の人だからっていうのは、あまり考えなかった。それよりもっと、椿さんと繋がってるってことが引っかかって……ごめん、頭で思ってることを上手く言えないんだけど、本当は喋れて掌も開けるのに、まだ心の中が閉じてる感じだった。常盤に会えるまで開けそうになかったんだ。堅牢《けんろう》な檻《おり》を作って、籠《こ》もっていたかった」

薔は発声障害が治ったあとの自分の心情を辿《たど》り、もう一度「ごめんなさい」と謝る。誰よりも楓雅に対して申し訳ない気持ちで胸がいっぱいだったが、しかしすべて許してくれる人だということを知っていた。

そんなふうに甘えてはいけないと思っても、やはり確信している。

この人なら許してくれるという絶対的な信頼が、心に深く刻まれていた。

「常盤さんは、薔の心の強さを信じてたよ」

「……っ」

「俺だって信じたかったけど、信じきれてなかった。本当に声が出ないと思ってたんだ。椿さんもたぶん俺と同じじゃないかなと、勝手に思ってる。でも常盤さんは……薔は絶対大丈夫って思ってた。心配しつつも信じてたんだ。薔のことを一番わかってるのはあの人だから、元気になったらきっと、『よく頑張ったな』って褒めてくれるよ」

楓雅は薔の頭を撫でながら、「今は俺が褒めておく」と言って笑う。

先程までとは違い、今度は本当に笑っていた。目を細め、髭のない頬を寄せてくる。

泣きたくないのに涙が出そうで、薔は唇を噛《か》みしめた。常盤のネクタイピンを握る手を心臓の上に重ねながら、「ありがとう……」と、自分も精いっぱい微笑み返した。

8

八月二十八日、午後三時。王鱗《おうりん》学園では読経《どっきょう》コンクールが開催されていた。初等部、中等部、高等部の全生徒、及び大学部学生会の代表らが中央エリアの南講堂に集められ、コンクールに参加している生徒の読経を聴く。

基本的には声質や朗読能力を競うコンクールだが、宗教行事の一つであり、タイトルを取っておくと就職時に有利になると噂《うわさ》されていた。

出題箇所は籤《くじ》引きで決まり、渡された経文《きょうもん》を見ながら読むだけでも構わない。しかし経文を持たずにスピーチ台に立って完璧《かんぺき》な読経を行ったり、経文を持っていてもほとんど視線を向けずにやり遂げると、ポイントが加算される仕組みになっていた。

教団側からは、侍従ら幹部十数名と、神子《みこ》六名が審査員として参加している。

講堂以外は使わない一見地味な行事でありながらも、教団は読経コンクールを重視していた。

実際のところ、竜虎《りゅうこ》隊員の多くは過去の優勝者であり、現在隊長代理を務める元班長の椿《つばき》に至っては、歴代最多に並ぶタイトル数を獲得している。

『高等部三年蒼燕《そうえん》組、贔屓《ひいき》生一組、剣蘭《けんらん》——経典第二巻、三章』

放送委員の声が響き、剣蘭が贔屓生の白い制服姿で壇上に現れた。

本日一番の拍手が送られる中、彼は経文を持たずにスピーチ台に向かう。

暗唱《しょう》のみで挑む剣蘭の姿を目の当たりにして、会場はさらに沸《わ》き上がった。

薔は使い捨てマスクを装着した状態で、桟敷《さじき》席から片方が拳《こぶし》の歪《いびつ》な拍手を送る。

一緒にいるのは大学部学生会の面々だ。

隣には楓雅《ふうが》が座っている。

未だに発声障害と左手が開けない症状で入院中の薔は、楓雅の勧めで気分転換に病院の外に出ることが許されるようになり、昨日は楓雅と共に西方エリアの並木を歩いた。

そして今日は、一般生徒や贔屓生と離れた場所から読経コンクールを鑑賞している。

剣蘭に対して薔は通常よりも長めの拍手を送ったが、ここにいるのは、応援のためでも気分転換のためでもなかった。

神子が六名も来るという滅多にない機会を利用し、どうにか学園から脱けだすためだ。

楓雅から聞いた話では、神子がイベントなどで移動する際は、『お召し車』と呼ばれる専用二階建てバスが使用される。

その車両の一階後方は大型トランクルームになっていて、衣装にこだわりを持つ神子のために、移動式ワードローブを十ケース以上収納できる仕様だった。

常盤《ときわ》が意識不明の重体で一般の病院に搬送されたのは、二日半前の二十六日未明。

八十一鱗《くくり》園の朱雀《すざく》西東京病院に転院したのは、二十八日の午前九時頃——つまり今から数時間前に、常盤はここから約二キロの場所に到着したことになる。

——教祖の息子の楓雅さんですら、実地訓練の時しか外に出られない。自傷行為以外で塀を越えるには、自力で脱走するしかないんだ。

薔は常盤に通じるところのある剣蘭の声を聴きながら、バスの車両外観図を頭に描く。特注の改造バスとはいってもベースになった市販車両が存在するため、楓雅が該当する二階建てバスの内部構造と発炎筒の設置位置、そして搭載されている発炎筒の着火方法を調べてくれていた。

神子が学園を去る前にバスに乗り込んで、空いているワードローブに隠れる予定だ。学園を出てしばらくしたら発炎筒を使って車内火災に見せかけ、運転手が車を停めたらトランクルームから外に出て、誰にも見つからないよう森の中を走り抜ける。学園の西に向かえば、八十一鱗《くくり》園が見えてくるはずだ。

神子の幸運を信じ、首尾よく脱出できるよう祈っているが、何よりも自分自身が迅速に動かなければならない。

たとえどんなに上手《うま》くいっても、楓雅が医療関係者や竜虎隊員の目を誤魔化《ごまか》せるのは半日程度で、それが過ぎれば捜索隊を出されるのは間違いなかった。

どのみち密かに学園に戻る手段はなく、最後は捕まって終わることになる。

薔は御三家本家の子供であり、贔屓生でもあるため、捕まっても酷《ひど》い罰は与えられずに済むというのが楓雅の見解だった。

薔は常盤の指示により入院し続けなければならず、そのために口が利けない振りをしてきたが、今は楓雅からも、心神喪失の状態を演じるようアドバイスされている。

捕まって学園に連れ戻されるのが確実である以上、懲罰が軽くなる方法をよく考えて、計算して立ち回らなければならないからだ。

自分が犯した罪に対する罰は受ける――と胸を張って言いたくても、懲罰房に長く閉じ込められて降龍が不可能になると、龍神の怒りを買って殺されてしまう。いくら綺麗事《きれいごと》を並べても、疼《うず》く良心に従って生きても、最後に死んでしまっては意味がないのだ。

――協力してくれる楓雅さんや、責任を追及されるかもしれない椿さんや隊員に迷惑がかからないよう、俺は病気でなくちゃいけない……常盤が事故に遭ったことや、転院先の情報を俺に洩《も》らしたのは、椿さんじゃなくて楓雅さんてことにして……俺は常盤の容体を心配するあまり脱走する。楓雅さんは俺に同情して協力するけど、教祖の息子だから数日懲罰房に入れられるだけで済む。

薔が楓雅と共に考えた脱走計画――その開始時刻は刻一刻と迫っている。

こうして黙々と反芻《はんすう》している間も、壇上では剣蘭が読経を行っていた。

頗《すこぶ》る元気そうな剣蘭の姿を見ていると、瞼《まぶた》が熱くなってくる。

常盤は今頃どうしているだろうか。苦しいだろうか、痛いだろうか。

きっと、剣蘭のように胸を張って立つことも、力強い声を出すこともできずにいる。

椿は昨日も見舞いにいったそうだが、やはり常盤の母親に追い返されたと言っていた。

それは即ち、今の常盤には自分の希望を通すだけの力がないことを意味している。

一般の病院に教団幹部がいるのは相応《ふさわ》しくないという事情から、転院の希望はすんなり叶《かな》ったのかもしれないが、それ以外のことでは不自由しているに違いない。

──俺は……近日中に常盤に抱かれて龍神を降ろさなきゃ死ぬけど……今はそのことは考えない。とにかく一度会って話して、無事を確認してからだ。神子として少しでも長い時間、常盤のそばで回復を祈ること……あとのことは、捕まってから考える。

薔が今このタイミングで脱走することを、楓雅はつい先程まで反対していた。

常盤の転院が済んでしばらくして、楓雅が朱雀西東京病院の院長を通じて常盤の容体を聞き、確実に性行為を行えるとわかってから脱走しなければ意味がない──と、合理的に考えていたからだ。

しかし薔には常盤と離れている時間がどうしようもなく苦痛で、不安で、じっとしてはいられなかった。読経コンクールが開かれる今日という日を待つことさえ、身を削られるようにつらかったのだ。

──剣蘭のあとは二人……そのあとに審査発表と授賞式。俺はここで席を立ち、具合が悪いことを強調して病院に戻る……と見せかけて、西方エリアの駐車場に……。

薔は予定通りに動き、筆談用ノートに『もう帰りたい』と書く。

剣蘭が読経を終えて盛大な拍手が鳴り響く中、眉《まゆ》を寄せて項垂《うなだ》れた。

楓雅も予定通りに行動し、「病院に戻ろう」と言って席を立つ。

他の大学生に見送られながら、二人揃《そろ》って桟敷席を出た。

講堂の三階に当たる廊下に出て、階下に向かう。

「まだ拍手が聞こえる。今年は剣蘭が優勝かな?」

薔は階段を下りながら、マスクで覆われた口で「そうだな」と答えた。

楓雅はさらに、「薔が出てたらわからなかったよな」と言っていたが、薔にはその問いに答える余裕がなかった。

聞いてはいても、まさに右から左に抜ける感覚だ。

螺旋《らせん》階段を一段一段下りるごとに、心臓がドクドクと大きく鳴る。

──上手くいけば、会えるんだ……あと少しで……。

常盤の容体は事故当日から先はまったくわからず、現時点で確かなのは、常盤が生きているということだけだった。

転院を自ら希望したのだから大丈夫だと信じてみたり、表向き恋人ということになっている椿ですら面会を許してもらえないのは、本当は誰にも見せられないほど酷い怪我《けが》を負っているからなのでは……と疑ってみたり、心配は尽きない。

今日のためにしっかり睡眠を取り、きちんと食べて体力を温存しようと思っていたにもかかわらず、胃痛が酷くてほとんど食べられなかった。

眠りも断続的で、悪夢を見ては飛び起きた。

——神子は幸運に恵まれるはずだ……だからこそ神子に愛された男は運気が上がるってことなんだろ？　それなら常盤は絶対大丈夫だ。俺が……想ってるし、椿さんだって毎日祈ってくれてる。教団本部の神子の何人かが常盤を恨んでたって、俺達は……俺は、絶対負けない。俺が好きになった男が不幸になるわけがない！

ぎゅっと左拳に力を入れた薔は、楓雅に肩を抱かれながら外に出る。

楓雅と共に中央エリアをあとにして、西方エリアに繋《つな》がる西門を通り抜けた。

通常は生徒や学生がすんなり通れる場所ではないが、薔が西方エリアの病院に入院中であることを、門を守っていた竜虎隊員は把握していた。

それだけではなく、楓雅が薔の面倒を見るために病院への行き来を許されていることも心得ていたので、なんら問われることなく西方エリアに戻れる。

しかしここからが勝負で、二人は病院には行かずに、エリア内を大回りして病院の裏に位置する駐車場に向かう予定だった。

駐車場とはいっても、王鱗学園では原則として、教職員らの私用車を学園の塀の内側に停めることはない。塀の外にある駐車場に停めて、身一つで正門を潜《くぐ》るのだ。

車両ごと入ってこられるのは、工事車両や清掃車、食料や物資を運ぶ車両、そして以前常盤が侵入する際に利用した馬運車などの事業用車両の他に、教団幹部や神子が乗る特別車両など、一部の物だけだった。

「あ、あれが……お召し車？」

薔は緑の葉が生い茂った桜並木に身を隠しつつ、駐車場を囲うフェンスに近づく。生徒や学生が駐車場に侵入できないよう、薔の身長の四倍の高さがある金属棒が、縦にばかり並んでいた。非常に堅固で上るのは難しく、楓雅のピッキング技術に頼らなければ車両に近づくのは不可能だ。

「凄《すご》い、デカい……噂には聞いてたけど」

「通称『神子バス』。これのトランクの鍵《かぎ》を開けられるかどうか、正直かなり心配だ」

楓雅は駐車場と病院の裏庭を繋ぐ扉の前に立ち、手帳に仕込んだ針金を取りだす。

フェンスの向こうには、落ち着いた濃い紫色の二階建てバスが停めてあった。

想像していたよりも遥《はる》かに大きく、圧倒されるほどの高さがある。

巨大なタイヤを見ただけで、薔の脳裏には自分が踏み潰《つぶ》されるイメージが浮かんだ。乗り物に対して人並みの好奇心があったにもかかわらず、恐怖ばかりを感じてしまう。

「俺はトランクルームの鍵を開けるところまでって約束だけど、やるからには成功しないと意味がないから……一つ根回ししておいた」

楓雅はフェンスの扉部分に取りつけられた鍵を見事に解いて、薔の手を引きながら駐車場に足を踏み入れた。並木から離れるため、ゆっくりとはしていられない。

「根回しって？」

薔は鬱陶《うっとう》しいマスクを着けたまま、楓雅の歩幅に合わせて小走りでついていった。

周囲に人がいないことを何度も確認しながらバスに近づき、細部までぴかぴかと輝いている車両の陰に身を隠す。病院の窓や教職員宿舎から誰かが見ている可能性があるため、死角を意識して慎重に動かなければならなかった。

「神子を一人味方につけたんだ」

「……神子を？」

薔は、神子と言われて真っ先に杏樹《あんじゅ》の顔を思い浮かべる。

次に浮かんできたのは元陰神子の紫苑《しおん》だったが、実際に会った記憶がないので、勝手に作り上げたイメージだった。なんとなく椿の姿と被《かぶ》り、長髪の美青年を想像する。

「杏樹だよ、薔の同級生の杏樹サマ」

楓雅はバスの後部にあるトランクの鍵穴に針金を数本突っ込み、感触を試しつつ微妙な抜き差しを繰り返していた。

楓雅の手はとても大きく頼もしいが、ピッキング作業にしろなんにしろ、長い指は常々繊細な動きを見せる。

「……どうして杏樹が？　いや、べつに意外ってわけじゃないけど」

薔はそこまで言ってから、頭の中で「いや、意外だろ」と否定した。

薔自身は記憶になかったが、杏樹は幼少期に同級生から苛《いじ》めを受けていたらしく、薔に助けられたことに感謝し、好意を露《あらわ》にしていた。

しかしその好意は決して熱いものではなく、杏樹が何より愛しているのは自分自身だ。今でもそれなりの気持ちがあったとしても、己が損をするようなことには手を出さないタイプに思える。

「事故の直前、常盤さんに向かって呪《のろ》いの言葉を吐いたのは杏樹なんだ」

「――っ⁉」

「凄く後悔して、罪の意識に苛《さいな》まれてるみたいで……。常盤さんが事故に巻き込まれたと聞いた時は、錯乱状態に陥ったらしい。『僕のせいだ！』って叫んで失神したとか」

「杏樹が……そんな……どうして常盤を呪ったりなんか」

「神子にも序列があって、最年少の杏樹は最下位なんだ。元陰神子の紫苑様が現役でいるうちは下から二番目だったから、嫌な憑坐《よりまし》を紫苑様に押しつけることができた。そのうえ儀式は月に一度で済んだんだ。ところが紫苑様の引退により今は最下位になったから……

この先は醜い憑坐や老人を相手にしなきゃならない」

苛められていた過去があるとは思えないほど自信に満ちて、人形のように可愛らしく、上級生の取り巻きを従えて女王然としていた杏樹――神子に選ばれたことを心から喜んでいた杏樹が今どういう現実に直面しているかを知った薔は、言葉を失って立ち竦《すく》む。

本当は自分も同じ立場だったはずだ。

神子として教団本部で暮らし、好きでもない男を相手に男娼《だんしょう》の真似事をしなければならなかった。

陰神子を二人も匿《かくま》っている常盤が、紫苑に同情し……期待させるほど優しく接する姿は想像がつく。それが残酷な行為だということも、紫苑の身になって考えればわかる。

紫苑を追い詰めたのは常盤だ――と周囲の人間から思われていて、神子の恨みを買い、そして実際に常盤自身にも罪の意識があるなら……常盤は今頃どんなに苦しい思いをしているだろう。

「杏樹を許せる？」

「当たり前だろ……神子の仕事から逃げてる俺に恨める道理がないし、それに俺だって、蘇芳《すほう》隊長を恨んで呪いの言葉をぶつけた。その結果あんなことになって」

「薔のせいじゃないよ。常盤さんの事故も、杏樹のせいなんかじゃない」

「うん……」

楓雅の指で操られる針金の先から、施錠の解ける音がする。

よかったと思い、一瞬だけ笑みを交わしたが——本当に一瞬のことだった。

否応《いやおう》なく絡《から》みつく罪の意識は、自分だけではなく楓雅にもあるのだということを、薔は彼の瞳《ひとみ》から感じ取る。力のある兄に守られて狡《ずる》い立場にある自分と同じく、楓雅もまた、父親の力を借りて数々の恩恵を受けているのだ。

「薔……杏樹は反省していて、常盤さんの回復を願ってる。何より薔に対して申し訳なく思ってるそうだ。薔が常盤さんに憧《あこが》れながらも反発してたのを、察してたんだろうな」

楓雅はそう言いながらトランクのドアを開ける。

左右両開きの物で、まず先に見えたのは引きだし式の小さな階段と、赤絨毯《あかじゅうたん》を敷かれた豪華な一室だった。

ワードローブを車から降ろさずに、この場で着替えることもできる造りになっていて、姿見や椅子《いす》が用意されている。天井には車両用のシャンデリアが取りつけられていた。

「ステップ使わずに上がるのは厳しいよな?」

「……え、あ……!」

楓雅は問いながら薔の背後に回り、改めて周囲を確認してから薔の体を持ち上げる。

自力で上がれないこともなかったが、とやかく言っている余裕はないため、薔は楓雅の助けを借りて赤絨毯の上によじ登った。

「ワードローブが並んでるだろ？　杏《あんず》の花の紋章入りのが杏樹のだ。その中のトルソーの後ろに隠れてろ。杏樹があとあと、『開けたけど気づかなかった』って言えるようにな」

「わ、わかった……楓雅さん、ありがとう」

「杏樹が着替えたあとで、杏樹が今日着ていた服を盗むんだ。髪飾りもつけて、如何《いか》にも神子っぽい恰好《かっこう》で杏樹の振りをして病院に潜り込め。ほとんどの人間は神子の顔を近くで見たことがないし、生徒が脱出するなんて夢にも思ってないから。神子だって言い張って祈禱《きとう》を申し出れば、常盤さんに会わせてもらえるかもしれない」

「……楓雅さん、そんなことまで考えてたのか？」

概《おお》ね神頼み運任せで、病院に忍び込んで隙《すき》をついて病室へ——といった程度の計画しか立てていなかった薔は、驚きながらも杏の花の紋章のワードローブを探し始めた。

固定ベルトで上下がしっかりと留められているワードローブは、全部で六つある。

つまり読経コンクールの審査員として出席している六名分のみで、協力者がいなければ隠れる場所などないに等しかったということだ。

——この方法を提案した時点で、楓雅さんは神子の誰かを味方につける気だったんだ。

いくらトルソーの後ろに隠れるっていっても、普通は気づくだろうし。

「薔は常盤さんのことになると勢い任せな感じがあるからな。どう頑張っても誤魔化せて半日ってとこだし、場合によってはもっと短くなるかもしれないけど……駄目だった時は努めて冷静になって演技に集中しろよ。発声障害は治ったものの、心神喪失状態だったと判断されるように上手くやらなきゃ……大事《おおごと》になる。自分の言動が引き起こす次の展開をよく考えて、常盤さんや椿さん、杏樹の立場を悪くしないよう慎重に行動するんだ」

「わかってる。本当にありがとう」

「じゃあ閉めるからな、頑張れよ」

薔はトランクルームの床に膝《ひざ》をついたまま、外にいる楓雅に大きく頷《うなず》く。

巨大な扉が閉じられて、眩《まぶ》しいほど射し込んでいた光のラインが細く消えた。

薄暗いトランクルームの中で、薔は杏樹のワードローブを見つけだし、扉を開ける。

半畳ほどの大きさがあるワードローブの中心には、杏樹の私服と思われるふんわりした素材の夏服が無造作にかかっていた。

その後ろにはハンガーラックがあり、裾《すそ》の長い服が何着か連なっている。

人一人が身を隠すのに、丁度よい塩梅《あんばい》だった。

薔は内側からワードローブのドアを閉め、奥のハンガーラックの下にしゃがみ込んだ。

マスクとネクタイピンを制服のポケットに突っ込んで、できる限り体を小さく丸める。

蒸し暑くて息苦しかったが、呼吸を整えながら気持ちを落ち着かせた。

――神よ……どうか常盤に会わせてください。貴方《あなた》が俺を神子として愛したいなら……

俺を抱きたいなら、常盤に会わせてください。このまま会わずに他の誰かに抱かれて延命することなんてできない。俺は、どんなに卑怯《ひきょう》でも狡くても、常盤としか寝ない。俺を抱きたければ、まずは常盤と会わせてくれ……！

薔は杏樹のワードローブの最奥で、ただひたすら祈る。

生きるためでもなく、恋情や性欲を満たすためでもなく、身も心も傷ついた常盤に早く会って慰めたい気持ちが、他のすべての欲望を凌駕《りょうが》していた。

誰を巻き込もうと、迷惑をかけようと、常盤の所に行かずにはいられない。

闇《やみ》の中で祈り続けていると、どこからか電子音がした。

車両自体のロックを解除した音のようで、ドアを開けたらしい振動が伝わる。

エンジンがかかるのもわかった。

ドゥルルルル……と地底から響くような音がして、音の通りに床面が震える。

しばらくすると、わずかながらに熱気を感じた。

三歳の時点で学園に連れてこられた薔は、自動車に乗った記憶がない。

ましてやこんなに大きな車両に独りで、それも暗闇の中で身動きも取れずに乗るのは、想像以上に恐ろしいものだった。

頭の中で、「早く」「早く」と唱えずにはいられないくらい、早く時間が過ぎてここから出られる時が待ち遠しい。先程目にした巨大なタイヤがゆっくりと回り始め、路面を摑《つか》むような音を立てるのがわかると、恐怖心はますます膨れ上がった。

――なんか、動いてる……誰も乗せずに移動してるのか？

タイヤの動きがダイレクトに響いてきて、車両が方向転換するのがわかる。

アラーム音らしき物を鳴らしたバスは、しばらくすると停車した。

トランクルームのドアが、外側から静かに開かれる。

神子が駐車場を歩くとは思えないので、おそらく建物に寄せたのだろう。

停車中もエンジンはかかったままだった。

空調の冷たい風が、どこかから忍び込む。

ワードローブの中にいても、車外の明るさを感じられた。

扉の上下から細い光のラインが見える。太陽光ではなく、照明の光のようだ。

「お足元にご注意ください」

年配の男の声に続いて、神子と思われる若い男達の会話が続く。「お先にどうぞ」「まだエアコン利いてないみたいですね」「ほんと生温《なまぬる》い」と、言っていた。

薔はいつしか冷や汗に濡《ぬ》れていた額を、制服の白いパンツの膝に押し当てる。

杏樹が協力してくれるとはいえ、他の神子に気づかれたら失敗に終わってしまう。

贔屓生になると同時にやめさせられた剣道を思いだして精神を統一させ、無駄な気合も情念も滅するよう努めた。

「優勝した子、凄いセクシーでゾクゾクしませんでした？　常盤様に似てますよね」

「あれで贔屓生とかマジあり得ないから。抱かされる隊員が可哀相になっちゃう。そりゃ綺麗な顔はしてるけど、あれはどう見てもタチでしょ」

「ああいうのを抱いて悦《よろこ》ぶ輩《やから》もいるんですよ」

「高三てことは、杏樹の同級生だよね？」

トランクルームのドアが閉められると、薔の緊張を余所《よそ》に神子達は雑談を始めた。それぞれのワードローブを開いて、「着替える？」「私はこのままでいい」などと言葉を交わしている。いずれにしてもワードローブの中から何か取りだしているようで、全員が扉を開け閉めしていた。

「——同級生ですけど、あんまり仲よくなかったんで」

杏樹の声が聞こえてきて、ほぼ同時に扉が開く。

薔は吊《つ》り下げられた服の隙間から、杏樹と目を見合わせた。

ここに人が隠れていることを、あとで「気づかなかった」と主張するのは、いささか無理のある話だ。ましてや杏樹は一瞬開けるだけではなく、着替えようとしている。

「ふうん、そうなんだ？　勿体《もったい》ない。将来性抜群のイイ男なのに」

「僕の学年には、もっと魅力的な人がいましたから」

下ろした髪に杏の花の髪飾りをつけている杏樹は、薔の顔を見ながら言った。

髪飾りを外してトルソーの首に引っかけ、銀糸の刺繡《ししゅう》が施された豪華な長衣を脱ぐ。

——杏樹……。

杏樹は表情を変えずに黙々と服を脱ぎ、トルソーにかけていた私服に着替えた。隣にいるらしい先輩神子から、「あの子よりイイ男がいたの？　どんな子？」と訊《き》かれ、改めて薔の顔を見下ろす。

「傲慢《ごうまん》だけど、憎めない人……」

杏樹はそう答えたあとで、薔に向かって声もなく唇を動かした。

聞こえなくても、何を言ったのかが薔にはわかる。「薔くん……ごめんね」と、確かにそう言った杏樹は、涙の滲《にじ》む瞳を瞼の向こうに隠した。

——杏樹……いいんだ、お前は悪くない。俺だって、自分のことばっかりで……。

濡れた瞳を再び見せた杏樹は、扉で隠しつつ奥まで手を伸ばしてくる。

頬《ほお》に触れようとしているのがわかり、薔は少しだけ顔を外に向けた。

杏樹の指が頬に当たる。

すっと撫《な》でられ、そのまま唇に触れられた。

感触を確かめるように唇を押してくる杏樹に、薔は「ありがとう」と、無言で告げる。

杏樹は両目から一粒ずつ涙を落として、首を横に振った。

脱いだ服をトルソーに着せる振りをしながら、全部纏《まと》めて差しだしてくる。

競闘披露会の時に着ていたような派手な服ではなく、和服に近い形の物だった。

薔が受け取ると、こくりと頷いてから扉を閉める。

名残惜しそうに、最後まで隙間からこちらを見ていた。

──この衣装を盗んだことにして、抱えて走って……森を抜けてから着替える。まずはバスが学園を出てからだ。発炎筒を使い、急いでドアを開けて……。

薔は杏樹の服と髪飾りを小さく纏めて抱え、森の中を駆ける自分の姿をイメージする。そうこうしている間に、六人の神子はバスの一階前部に続く扉から去っていった。

トランクルームは再び静かになり、灯りが消え、外からの光も絶たれる。

薔は暗闇の中で杏樹の服を抱えながら、車両が動く恐怖に耐えた。

震動から想像するしかないが、地面にある少しの段差を乗り越えたような衝撃を感じ、時々ドンと突き上げられる。

神子が使う二階の座席や、教団関係者が使う一階の座席に座っていれば感じられないのかもしれないが、トランクルームの床はあまりにもタイヤに近かった。

──暗くて揺れて……なんか、生きた心地しないけど……学園を出るんだ。

理由はなんであれ、これから塀の外に出るのかと思うと胸に迫るものがある。

あと四年以上も先のことだと思っていた。

順応教育の実地訓練があるにしても、それは大学部三年になってからの話だ。そのうえ監視付きで自由はない。

「……う、わ……」

タイヤが何かを踏み、確かに乗り越えたのがわかった。

直感に過ぎないが、学園の正門を通り抜けた気がする。

牢獄《ろうごく》のような白い塀の外に出たんだ――そう思った瞬間、薔は涙をこらえた。

自分でもよくわからないが、これまで起きたことが記憶の波に乗って押し寄せてきて、感情がごちゃごちゃと混じり合う。

不安の色が何よりも濃かったが、常盤と出会ってから今日までに起きた薔薇《ばら》色の感情や出来事、常盤の言葉と表情、手つきや体の熱さを思いだした。

そして楓雅が放つ黄金色の優しさと安らぎ、椿が呼び覚ます漆黒の妬心《としん》……茜《あかね》や剣蘭、白菊《しらぎく》や杏樹と交わした色とりどりの友情も、すべてが混じり混じって薔の心に色をつけていく。

全部混ぜたら真っ黒になってしまいそうなのに、そうはならなかった。

何色だかわからないが、とても鮮やかで、生きていると感じる。

心臓が動いているからでもなく、呼吸をしているからでもなく、感情が動いているから生きているのだと、強く感じる。

――常盤……これは一時的なものだけど、学園から出たよ……初めて出た。楓雅さんや杏樹が協力してくれたおかげで、やっと会える！

　薔はバスが傾斜面を走りだしたところでワードローブから飛びだし、トランクルームの壁面に設置されていた発炎筒を摑む。

　赤いバーの端にあるピンを引き抜くのが正しい着火方法だが、楓雅が調べた限りでは、この製品は非常時に使いやすいよう、末端に強い衝撃を与えるだけでも着火可能らしい。

　周囲に気化したガソリンやガスが充満していない限りは、引火する心配がない安全性の高い製品で、煙は少なめのタイプだ。

　生徒がトランクルームに潜んでいたことを今すぐに察知されてはまずいため、発炎筒は走行中に勝手に落下して、床に当たった衝撃で煙が上がったように見せかけなければならない。

　そのため薔は、極力音を立てないよう気をつけながら発炎筒を床に打ちつけた。

「……ぅ！」

　一発目で成功し、赤いバーの中で炎が光る。想像していたよりも煙が上がった。

　薔はそれをバスの一階前部に繋がる扉の真下に置き、大急ぎでトランクルームのドアに身を寄せる。今すぐ開けて飛びだしたいくらいだったが、走行中はたとえどんなに速度を落としていても大怪我をするので、絶対に飛びだすなと楓雅にきつく言われていた。

「お、おい！　大変だ、煙が……煙が漏れてるぞ！」

　一階前部の扉の向こうから、野太い中年男の声が聞こえる。

車内はすぐに大騒ぎになり、運転手が急ブレーキをかけた。

それによりさらに悲鳴が上がる。薔もまた、思わず声を上げてしまった。

しかしこの機を逃すわけにはいかず、引きだし式の階段を摑んで、前方に転がりそうになる体を留める。

煙が後ろから発生している以上、車内の人間は運転席の横の扉から外に出るはずだが、彼らより早く脱出しないと、いくら後ろから出ても見つかってしまう危険があった。

薔は焦げ臭い空気が充満するトランクルーム内で、咳《せ》き込みながらドアを開ける。

目の前に見えるのは森だった。夏の濃い緑が、アスファルトを囲んでいる。

そしてその先に見えるのは、見慣れ過ぎた白い塀……高く聳《そび》える真っ白な塀が、青空に食い込むように存在感を示している。

——外……だ……学園の外側！

当たり前のことなのに、感動のあまり一瞬動きが止まってしまった。

見飽きた白い塀だが、しかし今見ているのは外側だ。

自分は確かに、学園の外にいる。

——ぼんやりしてる場合じゃない……早くしないと、森に隠れる前に見つかる！

薔は抑えきれない感慨を胸に、アスファルトに飛び下りた。

着地するなり踵《きびす》を返して、極力静かにトランクルームのドアを閉める。

車外から人の声が届き、前扉からの避難がすでに始まっているのがわかった。

「ガソリンに引火して爆発するかも！　早く逃げて——っ！」

薔がバスから離れようとした時、車体前方から杏樹の叫び声が聞こえてくる。

バスから転がるように降りた人々は、誰もが進行方向に逃げだした。

薔はその隙に脇《わき》の森に駆け込み、身を隠しつつ道なき道を進む。

杏樹の衣装を抱えたまま、一度も止まらずに走り続けた。

八十一鱗《くくり》園は学園の西側、約二キロ先だ。

道路を避けると直線で西に向かうことはできないため、薔はバスが向かう方向とは逆の北側を迂回《うかい》して、徐々に西に寄る道を選ぶ。

何もかも楓雅と一緒に考えた通りで、今のところ順調にいっていた。

神頼み運任せでは情けないが、やはり祈らずにはいられない。

——ここまでは成功した。問題は病院に着いてからだ！

薔は時折道路の存在を確認し、迷わないよう注意しながら西に向かう。

非常に緩やかな勾配《こうばい》ではあるが、学園が比較的高台にあったことがわかった。

まだ森の中なので外界に出た実感はそれほど得られないものの、振り返って学園の白い塀を目にすると、そのたびに心臓が跳ね上がる。

ああ、本当に外なんだ——自分の足で今、外の大地を踏んでいる。

教団関係者以外の、普通の人間がいるかもしれない場所を走っているのだ。

行き先も目的も決まっているけれど、どこに行くこともできる自由がここにある。

――常盤……いつか、こうやって自分で選んだ道を一緒に歩こう。絶対、一緒に！

薔は森の中をひたすら走り、汗だくになりながら八十一鱗《くくり》園を目指す。

やがて案内標識が見えてきて、そこには『八十一村《やそいちむら》』という文字と、そこまでの距離を示す数字が書かれていた。

迂回しながら進んだのでまだだいぶあるかと思ったが、八十一鱗《くくり》園までの距離は、残りわずか三百メートルだった。


八十一鱗《くくり》園は登記上、八十一村の中の名もなき私有地になっており、学園から最も近い門には『八十一村』とだけ彫られていた。

ここ以外に門がいくつあるのか薔は知らないが、ぞっとしたのは、見渡せないほど広い敷地のすべてが、金属製のフェンスで囲まれているという事実だった。

話には聞いていたものの、実際に目にすると異様に感じられる。

薔が憧れていた、囲いのない外の世界とはまったく違っていた。

ただし、教団とは無関係な一般人でも、入ろうと思えば入れそうな造りではある。

私有地であることを示す看板が立てられているため、良識のある人間が無断で入り込むことはなさそうだが、堅牢《けんろう》な学園の塀や警備体制とは比較にならない。

——全部は見えないけど、敷地丸ごと囲われてるんだよな？　こんなの見て、異様だと感じる反面、なんか落ち着くような、変な感覚があるのが嫌だ。

何かに囲われ、不自由ながらも守られて生活すること——その不快感と安心感の両方を自覚した薔は、八十一《くくり》鱗園を囲いの外側から眺める。

ここの住人は、学園を卒業したあとに教団関係の仕事に就《つ》き、なおかつ結婚して家庭を持った者と、その家族。さらには、定年を過ぎて引退した教団員と、その家族が中心だと聞いていた。

男性は例外なく王鱗学園の卒業生。女性も、ほぼ例外なく王鱗女学園の卒業生だ。

もちろん子供もいるが、男子は三歳になると王鱗学園に送り込まれ、女子も就学年齢になると、ここから通学するのは困難な王鱗女学園付属小学校に入学させられる。

そのため八十一《くくり》鱗園で暮らす子供は、原則として乳幼児のみだった。

——一応外の世界だけど、ここじゃまだ、なんか違うよな。

薔は木漏れ日の下で贔屓生の白い上着とシャツを脱ぎ、ネクタイを外す。

杏樹の衣装は裾を摘《つ》ままなければ歩けないほど長い物だったので、下半身は靴も含めてそのままで、上から被って袖《そで》を通した。

今日は式典の関係で贔屓生は白パンツ着用と決まっていたため、もしちらりと見えても目立たなくて都合がいい。

しかしまるで女装のようで、こんな状況でなければ絶対に着たくない服だった。

純白の生地に縫い込まれた銀糸の刺繍が、午後の光を受けて煌《きら》めく。

袖は和服の振袖に似ていながらも曲線を描き、内側に絹のシフォンがふんわりと重ねてあった。

どことなく天女の羽衣を彷彿《ほうふつ》とさせる衣装だが、裾はスカートのように広がっている。

薔は制服のポケットから取りだしたハンカチで、汗だくになった顔を拭いた。

神子の杏樹の名を騙《かた》って潜り込む以上、汗などかいてはいられない。

髪も指で整え、本当は着けたくない髪飾りを髪に括《くく》りつけようとした。

しかし杏樹のように長くはないため、すぐに取れてしまいそうな心許なさで、仕方なく常盤のネクタイピンを使って固定する。

そうすることで、耳の上に淡いピンク色の花々や細いリボンが上手く載った。

鏡を見たら羞恥《しゅうち》のあまり毟《むし》り取りたくなりそうだが、これくらいしておいた方が、若い神子らしく見えるのはわかっている。

木陰に上着とシャツを隠した薔は、杏樹の服を汚さないよう裾捌《すそさば》きに気をつけ、革靴やパンツが見えない程度に裾を摘まみ上げながら歩いた。

森をあとにしてアスファルトの上を進み、二車線の道路から繋がっている八十一鱗園《くくりえん》のゲートを通る。誰が見ているかわからないので、神子らしさを意識しながら歩いた。

——映画や写真で見た街と同じで、マンションとか一戸建てとか色々ある。

薔は衣装に合わせて静かに歩きながら、いったいどこまで囲まれているのかわからない敷地を見渡す。

住宅街やマンションが建ち並ぶ平地ばかりではなく、森林や川、小規模の山まで含んでいるため、学園以上に広く果てしなく見えた。

——もっとじっくり見たいけど、今はとにかく病院に。

楓雅から予《あらかじ》め地図を見せてもらっていた薔は、迷うことなく朱雀西東京病院に向かう。地図を見ていなかったとしても迷いようがなく、病院は学園に近いゲートのすぐそばに建っており、八十一鱗《くくり》園の中でも一際《ひときわ》大きな存在感を放っていた。

——あ……女の人と、子供だ……女の子？

八十一鱗《くくり》園の中を歩いていた薔は、学園の病院を上回る規模の病院の前に来て初めて、学外の人間の姿を目にする。

足元はアスファルトから煉瓦《れんが》に変わっていて、赤茶色の道を母子が歩いているところだった。

母親は日傘を差しているうえに子供に気を取られ、薔の存在に気づいていない。

二、三歳くらいと思われる幼女は薔の方を見て、「お嫁さーん」と言ったが、母親が薔に目を向けることはなく、「はいはい、大人になったらねー」と適当な返事をしながら病院の入り口に続く階段を上がっていった。
たったそれだけのことだが、薔の心拍数は激しく上がる。

女性を見たのは保育部にいた頃が最後で、十数年前の話だった。

女児に至っては目にした記憶がなく、希少な生き物を見た気分になる。

人類の約半分は女性で、外に出たら珍しくないことくらいわかっているが、薔にとって女性や女児の姿は、学園の外の世界を象徴する大きな存在だった。

バクバクと鳴り響く心音を理性で抑えながら、階段を上がって病院の入り口を抜ける。

硝子《ガラス》のドアが自動で開いたが、原理も存在も知っていたので、それほど驚かなかった。

しかし少し驚いてしまい、注意しなければと気を引き締める。

数ヵ月前から教団本部で暮らしている杏樹は、自動ドアにも女性の姿にも慣れていて、いちいち驚いたりはしないはずだ。

——俺は外に出ても平気でいられるんじゃないかと思ってたのに……結構、おっかないもんだな。

他の生徒よりも外の世界に出たい欲求が強かった薔は、外に出たら好奇心に従って自由気ままに動ける自信があった。なんの根拠もなく、そう信じていたのだ。

単独行動のうえに他人の名を騙ろうとしているせいもあるが、緊張のあまり喉《のど》が渇く。足を踏み入れた病院のロビーでは、大勢の患者や職員らの視線を浴び、一挙手一投足に注目されているのが嫌というほどわかった。

——この恰好じゃ当然だ。今は神子なんだし、胸を張ってろ。

薔はごくりと生唾《なまつば》を飲み、右手右足を同時に出しそうになりながらも受付に向かう。自意識過剰になりたくなくてもなってしまうくらい、頭の天辺《てっぺん》から足の先まで見られている感覚だった。

何しろロビーは吹き抜けで、前後左右どころか上にまで人がいる。

きょろきょろしないよう気をつけても、視界の中に老若男女の姿が飛び込んできた。女児同様、老人の姿も映像以外では見たことがない薔にとって、この病院のロビーは異空間にも等しい場所だ。無数の視線が糸のように絡みつき、あっと言う間に繭玉にされて固められ、身じろぎできなくなる錯覚を覚える。

「こちらに、西王子《さいおうじ》家の常盤様が転院されたと伺いました。お会いできますか?」

薔は自分自身に堂々とするよう言い聞かせ、受付に座っていた若い女性に話しかけた。

学園には保育部を除いて女性職員はいないが、男とは思えない顔をした美男や美少年はたくさんいる。彼らが化粧をしているようなものだと思い込むことにして、あまり性別について意識しないよう努めた。

「……あ、貴方様は？」

病院の制服を着ている女性は、慌てた様子で立ち上がる。

あえて最初から名乗らなかった薔は、声を潜めて「神子の杏樹です。読経コンクールの審査員として学園まで来ましたので、お見舞いに立ち寄りました」と囁《ささや》いた。

森を走りながら考えた台詞《せりふ》に対し、受付の女性は薔の予想を上回る反応を見せる。

口を大きく開けて息を吸い込み、その口を両手で押さえながら歓喜に目を剝《む》いた。

今にも甲高い声を上げそうだったので、薔はすぐさま「非公式訪問なので内密に」と、釘《くぎ》をさしておく。

すでに注目を浴びているとはいえ、神子らしき人物を見かけるのと、神子だと明らかになっている人を見かけるのとでは、まるで別の話だと思った。

「は、はい……承知致しました。あの、すぐに……今すぐに……」

彼女は興奮のあまり顔を真っ赤にし、目を潤ませる。声が震えて涙声になっていた。

たどたどしくも、上の者を呼んできて案内させる旨を説明し、一旦《いったん》受付の奥に消える。

その後すぐに貫禄《かんろく》ある年配の男が出てきて、そこから先は実にスムーズに事が運んだ。

八十一鱗《くくり》教団の村というだけあり、神子の名を騙れば当然のように崇《あが》められる。

――少しは疑うとか、ないんだな。そりゃまあ……神子を騙るなんて罰当《ばちあ》たりなこと、信者なら絶対しないけど。

神子の杏樹の名を騙るに当たり、俺は自分が神子であることを意識しただろうか——と薔は振り返って考える。

楓雅に指示されるまま迷う暇もなく始めたが、もしも頭の中に、「俺も神子だ」という意識がなかったら、今ここで眩《まぶ》しい視線を浴びながら丁重に扱われることに、強い抵抗を覚えたかもしれない。

案内人は瞬《またた》く間に四人に増え、薔はＶＩＰ専用のエレベーターホールに通された。やはり疑われている気配は微塵《みじん》もない。彼らは揃いも揃って嬉《うれ》しそうだった。

「大変光栄なことに、本日は午前中にも神子様がいらっしゃいました。やはりお忍びで、裏口からお越しになったのですよ」

最上階に向かうエレベーターの中で、医局長を名乗る男が意外な言葉をかけてくる。

午前中ということは、杏樹達が学園に行く前に常盤の見舞いに寄ったのだろうか——と思うと、薔の演技はたちまち崩れかけた。この芝居を続けることが怖くなる。

今ここにいる四人は杏樹の顔を間近で見なかったのかもしれないが、西王子家の人間は見たかもしれない。肌の色や毛色こそ近いものの、身長も髪型も顔も声も違うとなれば、常盤に会う前に嘘《うそ》が発覚してしまう。

そもそも先程来た杏樹が、独りで再び来るのはおかしな話だ。

「西王子一族出身の神子様が三人、常盤様のご回復を願って熱心に祈られたそうです」

焦燥していた薔の耳に注がれたのは、想像とは違う話だった。

常盤の転院に合わせて祈禱《きとう》目的の見舞いに訪れたのは、読経コンクールのために学園に来ていた六人の神子とは別らしい。

よくよく考えると、杏樹達一行は常盤の転院が済む前に学園に着いていたはずなので、見舞いを済ませてから来るのは時間的に不可能だった。

「私は……西王子家の神子ではありませんが、常盤様が竜虎隊隊長になられてから神子に選ばれましたので、個人的にとてもお世話になったんです。本当は西王子家の神子と共に伺いたかったのですが、読経コンクールでのお役目がありましたので、こっそりと……」

薔は尤《もっと》もらしい台詞を急いで考え、医局長に向かって微笑《ほほえ》む。

怪しまれることはなく、むしろ感心した顔で微笑み返された。

「常盤様も西王子家の皆様も、大層お喜びになられることでしょう」

医局長と三人の男達は、受付の女性ほど露骨に興奮してはいないものの、神子に会えた悦びをじっくりと味わっている様子だった。

八十一鱗《くくり》教団では、世間と隔絶されて育つ男子の方が信仰心が篤いと言われているが、男子にとって神子は同級生からも選ばれる身近なものである一方、女子にとっては縁遠いものであり、親和性が興奮の度合いに影響していると思われた。

——とにかく問題なく済んでよかった。やっと常盤のそばに……。

VIP専用エレベーターは最上階で停まり、扉が左右に吸い込まれていく。

まっすぐに前を向いていた薔の目に、驚くべき光景が飛び込んできた。

「……っ、花が」

広がった空間を支配していたのは、花、花、花で、さながら花売り場のようだ。

何事にも驚かないよう気を引き締めていた薔だったが、どうしたって驚かされる。

エレベーターホールには目を疑うほど大量の花が飾られており、そのすべてに立て札が付いていた。大半は豪華な胡蝶蘭《こちょうらん》で、同じ大きさの鉢で揃えてある。

段差のある横長の花台にずらりと並べられ、花の色は白か紫だった。

瞬時に数えられる量ではないが、最低でも百数十鉢あるのは間違いない。

ただし、最も目立つ場所を陣取っているのは薔薇だった。高芯剣弁《こうしんけんべん》咲きの紅薔薇だ。

五百本は下らないであろう大輪の薔薇が、子供一人分ほどの大きさがあるクリスタルの花瓶に活《い》けられている。

これだけは立て札ではなく、花瓶に金属製のプレートがかけられており、『榊《さかき》』と、漢字一文字が彫られていた。

「お花の数が多くて驚かれましたか？　常盤様は今朝までは一般の病院にいらしたので、当院へ移られる今日に合わせて皆様がお贈りになったのですよ」

「そうでしたか……さすがに、凄い数ですね」

「はい、さすがは常盤様です。しかしながらこういったことは珍しいのです。幹部の方が入院された場合、今回のように教祖様直々《じきじき》に公表なさるようなことはなく、通常は厳しい箝口令《かんこうれい》が敷かれますので。お見舞いのお花が届くとしても、親しいお身内の方からのみということが多いのですよ」

「――ああ、普通はそうですよね。今回は珍しく箝口令が敷かれませんでしたが」

薔は医局長の話に合わせたが、箝口令が敷かれなかったことなど今初めて知った。

通常は敷かれるという常識自体を知らないので、何故今回は違うのかもわからない。

「幹部の方が病気や怪我に見舞われると、龍神や神子様の御力を軽んじる不届き者が現れないとも言いきれませんから。患者様の秘密は細心の注意を払ってお守りしています」

「……いつも、ご苦労様です」

医局長の言葉の意味を理解した薔は、ぽつりと返してから押し黙る。

なんとも胸糞《むなくそ》が悪く、足元から沸々と込み上げるような怒りを覚えた。

八十一《くくり》鱗教団が龍神を祀《まつ》ることで運気が上がると説いている以上、神や神子に近い所にいる教団幹部の運気が下がると、確かに信仰の低下に繋がるだろう。

だから箝口令を敷いて極力伏せるというのは、一応筋が通っている。

それでいくと、御三家の嫡男《ちゃくなん》であり、正侍従代理として神子に接していた常盤の事故は絶対に伏せなければならないもののはずだが、教祖は常盤の事故を公表した。

理由はおそらく、常盤が神子の怒りを買ったという事実があるからだ。

神子に仕えることで得られる幸運が、信者の信仰を高めるのと同じように——否、同じどころか圧倒的に強い力で、「神子に逆らうと不運に見舞われる」という事実は、信者の心に深く刻まれ、より一層信仰を高める。

漠然とした幸運よりも、具体的な恐怖の方が強いのは当然だ。

神子は神に愛される存在であり、神子に逆らえば、たとえ御三家の嫡男でも不運な目に遭う——という教訓として、あえて箝口令を敷かずに事故の件を広めたのだとしたら……教祖はなんて強《したた》かな男なのだろう。

常盤の事故を利用して結束を固め、教団の秩序を守るだけではなく、常盤にマイナスなイメージをつけて自分の息子を次期教祖にしやすくするための奸計《かんけい》かもしれない。

楓雅の父親とはいえ、常盤の不運を利用するのは許せなかった。

楓雅と姿形が似ていようと、常盤や楓雅が薔の見舞いにくることを許可してくれた人であろうと、そんなことは関係ない。

見舞いの許可にしても、許した理由は今年度二人目の神子を欲しているからであって、そこに優しさが潜んでいるわけではないのだ。

おそらく教団のことと身内のことしか頭にない、冷たい男なのだろう。

「神子様、杏樹様？　どうかされましたか？」

「あ、ああ……すみません。花に、見惚《みと》れてました。胡蝶蘭が多いんですね」

「はい。教団の外では、お見舞いに鉢植えは避けられるものですが、胡蝶蘭は幸福飛来の花として、我が教団ではお見舞いに白や紫の胡蝶蘭を贈るのが習わしになっております。ただ、榊様だけは真紅の薔薇をお選びになったようです。常盤様に似合うお花をという、榊様の格別な御心遣いなのでしょう」

「榊様……？」

それは誰かと問いたげに呟《つぶや》いてしまった薔は、すぐに表情を固める。

榊といえば祈禱の際に祭壇に供えられる御神木で、常盤松が竜生童子《りゅうせいどうじ》や信者を守護する神木であるのに対し、榊は神を下界に招く神木とされていた。

つまり教団の主要幹部の竜生名に間違いなく、杏樹なら知っていて当然の人物かもしれないと思うと、迂闊《うかつ》な態度に焦る。

慎重に振る舞わねばならないのに、教祖に対する憤りで我を失いかけていた。

「もちろん、教祖様の御嫡男の榊様です」

医局長は特に訝《いぶか》しむことはなく、口調も表情も神子と会話する悦びに溢《あふ》れている。

一緒にいた三人も穏やかな笑みを浮かべ、そのうちの一人が一歩前へ進みでた。

「榊様は京都でお暮らしになっていて、教団本部には滅多にいらっしゃらないと伺っております。神子になられて間もない杏樹様は、これからお会いになるのですね」

薔は狼狽《うろた》えているのを悟られないよう、「はい」とだけ答えて笑みを作る。

榊が何者か知ったことで、薔の視線は赤い薔薇に引き寄せられた。

香り立つ花の向こうに、黄金の髪を持つ楓雅の姿を思い描く。

──教祖の嫡男ってことは、楓雅さんのお兄さんだ。髪と目の色が楓雅さんと同じで、いずれは常盤と教祖の座を競う人。次期教祖候補ナンバー1……。

事故に巻き込まれて意識不明の重体になったライバルに対して、榊はどういうつもりで血のように赤い薔薇を贈ったのだろう。確かに常盤に似合う花だとは思うが、何か特別な思惑《おもわく》が含まれている気がしてならなかった。

「常盤様の所に案内してください」

花の話を続けそうな雰囲気だった医局長に向かって、薔は毅然《きぜん》とした態度で言う。

教祖や榊が本心では常盤の不幸を望んでいようと、教団本部にいる神子の誰かが常盤を恨んでいようと、悪いものはすべて自分が払い除ける。

常盤の容体をこの目で確かめたい気持ちと、とにかく早く一目会いたいという気持ちはあったが、それだけではないのだ。

神子として、常盤に最大最高の幸運を与えたくて会いにきた。

時間の許す限りそばにいて、その身が幸運に恵まれるよう祈りたい。

──胡蝶蘭にも薔薇にも負けない。幸福も愛情も、俺自身が運び込む。

ここに来た目的を念頭に掲げた薔は、医局長に続いて病室へと足を進めた。

香り立つエレベーターホールを抜けると、長い廊下の先に黒服の男達の姿が見える。

この病院は八十一鱗《くくり》園の中にあり、物騒なことなど起こりそうになかったが、それでも物々しい雰囲気を醸しだしていた。神子の名を騙らずに隙を見て忍び込むという短絡的な計画では、まず絶対に常盤に近づけなかっただろう。

同じ黒服でも竜虎隊員の場合は美形揃いだが、ここにいる男達は、何よりもまず強靱《きょうじん》な肉体の持ち主であることを優先して選ばれているようだった。

黒スーツに包まれた体は厚く、シャツの襟から伸びる首は太い。

彼らの前を歩いていく自分が、小さく貧弱になったと錯覚してしまうほど、体格のよい強面《こわもて》の男ばかりだ。必ずしも長身というわけではなかったが、筋肉の鎧《よろい》を纏い、いざとなったら常盤の盾になれるような——そういう男が揃っている。

「こちらは神子の杏樹様です」

廊下に立っていた十数名の男達は会釈程度に頭を下げるだけで何も言わず、神子らしい恰好をした薔と、医局長ら四人を特別室の扉の前まで通した。

しかしそこには、一際屈強な大男が二人立っている。

「御機嫌よう。杏樹と申します。本日は、常盤様の回復をお祈りするために参りました。神子になる前に大変お世話になりましたので、少しでもお役に立てればと思いまして」

部屋に近づく人間を中に入れるか入れないかの判断を任されているらしい彼らに、薔は自分から挨拶《あいさつ》をする。

「御機嫌よう、杏樹様。お話は承りました。あちらで少々お待ちください」

すぐに通してもらえると思っていた薔に対して、男は別の部屋の扉を示した。

常盤がいると思われる特別室の扉には黄金の龍が彫られていたが、薔が通されたのは、シンプルなデザインの扉の部屋だ。

両開きでもなく、中は狭そうだった。

その部屋の前に立っていた男が恭《うやうや》しく扉を開けて案内してくれたが、医局長ら四人は、黒服の男達によってここで帰されてしまう。

彼らは極力長い時間、神子と一緒にいたいと思っている様子だったが、残念そうに別れの挨拶をして立ち去った。

──西王子一族の神子は通せても、他家の神子は通せないってことか？　常盤が怪我で弱ってる姿を見せたくない？　それくらい悪いってことなのか？

薔が通された部屋は八畳ほどの控え室で、ソファーセットとテレビくらいしかない。

氷が入った冷たい茶を出されたが、飲み物を勧められたことで、呼ばれるまでに時間がかかると言われた気がして不安になった。

喉が渇いていたので緑茶を飲んで潤しつつも、加速していく悪い予感に苛まれる。

神子にすら会わせられないほど容体が悪いという展開が何より恐ろしいが、訪ねてきた神子が本物かどうか疑って、教団本部に連絡を取って確かめるという展開も避けたい。

失敗した時は心神喪失を装えと言われていたが、これだけ着々と上手く事を運んで人を騙しておいて、心の病の振りをするのは如何にも難しそうだ。

常盤の近くに来ながらも会えないとなったら、本当に気が変になって、わざわざ演じるまでもなく奇声を上げて暴れてしまうかもしれないが——。

予想よりも長かったのか短かったのか、どちらとも言えない待ち時間が終わる。

呼びだされるまで五分程度だったが、次々と襲ってくる不安の塊を、頭の中で竹刀《しない》を振って打ち砕くような、無言の闘いを繰り返す時間だった。

運気を引き寄せるために前向きに考えるよう努めながらも、何度も足をすくわれそうになり、挫《くじ》けては立ち上がり、最終的には、雄毅《ゆうき》にして美しい常盤の姿を作り上げた。

「——貴方が神子の杏樹様？　まあ、随分《ずいぶん》と可愛らしい御方なのね」

特別室の扉が左右同時に開かれて、薔はその先にある居間に通される。

ローズウッドの落ち着いた調度品が配された部屋の中には、和服姿の女性がいた。

秋を先取りした暖色の単衣《ひとえ》に、葡萄《ぶどう》柄の粋な帯を締め、豊かな黒髪を纏め上げた中年の美女だった。三人掛けのソファーの中心に、姿勢を正して独りで座っている。

「初めまして、私は西王子紅子《べにこ》と申します。どうぞ、そちらにお座りになって」

「……っ、う……」

その女の姿を見た瞬間、薔は何故か一歩も進めなくなった。

会ったことがある——そう感じた。高圧的な声にも聞き覚えがある。

常盤の叔父の蘇芳が火達磨《ひだるま》になった姿を見た直後のように、喉が苦しくなり、まったく声が出なくなった。息をするのが精いっぱいで、全身からじわじわと嫌な汗が滲《にじ》みだし、体温が急激に低下する。

——若く見えるけど、常盤の母親だ。知ってる……俺は、この人を知ってる！

学園により封じられた記憶の奥に隠された扉が、錆《さ》びた蝶 番《ちょうつがい》を軋《きし》ませて開いていく。中を覗《のぞ》き見るのは恐ろしいが、今が記憶を取り戻す時だということはわかっていた。

自分の過去に、この女は確かに存在する。

それも、恐怖の権化《ごんげ》として君臨していた。

「あら、どうなさったの？　お顔の色が悪いみたい」

彼女は椿の伯母でもあるはずだが、優しげな椿とは似ても似つかず、顔立ちも雰囲気も常盤に似ていた。

——似てる……誰がどう見ても、親子か姉弟だと思うくらい、似てる。

紅子の顔は、常盤から雄々しさを抜き取り、女性にして年齢を加えたような顔だ。常盤は自分のことを父親似だと話していたことがあるが、もしそれが事実なら、常盤の両親は近親婚で、似た顔をした夫婦なのかもしれない。

「そんなにじっと見られると恥ずかしいわ。常盤に似ていて驚いたのかしら？」

そう言って笑う紅子の唇は、先程見た薔薇のように赤かった。

目元の化粧も濃く、薔が密かに抱いていた母親のイメージとは正反対に毒々しい。

病院の外で見かけた子供連れの女性は、なんの違和感もなく女児の母親として認識することができたが、紅子は違う。

母親と呼ばれる存在とは異なる、貪欲《どんよく》な妖婦《ようふ》に見えた。

常盤の姉で通るほど若々しく、背筋が寒くなるような美人だが、酷く威圧的で高慢で、権力と財力と暴力を振り翳《かざ》す悪い魔女だ。

——駄目《だめ》だ……生理的に駄目だ。俺は以前、この人に……。

薔の頭の中で、小さなフラッシュバックが連続して起きる。

美しい少年だった常盤と、このうえなく幸せな時間を過ごしていた頃——いつもいつも、この人が割り込んできて滅茶苦茶にした。

眠っていたら突然部屋に入ってきて蹴《け》られたり、鼻や口を塞《ふさ》がれたり、布団ごと縁側に放り投げられたこともある。

――この人のことを、『怖いおばさん』って……常盤が言ってた。この人が、手を振り上げる姿を憶えてる。殴られたんだ。俺だけじゃなく、常盤のことまで殴ってた！

薔は立ち尽くしたまま、握った拳をぶるぶると震わせた。

妾《めかけ》の子が気に入らなかったのか、実子が妾の子に構うのが許せなかったのか、おそらく両方だったのだろう。

紅子の標的は常に薔だったが、薔を庇《かば》う常盤に対しても容赦なく体罰を加えていた。

――常盤は殴られても蹴られても、母親に反撃したりはしなかった。それをいいことに散々叩《たた》いて……常盤の髪を引っ摑んで、足袋を穿《は》いた足で何度も蹴ってた……。

澄まして座っている美女の本性を自分の記憶の中に見いだした薔は、湧《わ》き上がる怒りとは裏腹に、どうしても動けずにいた。

まるで金縛りにでもあったかのように、恐怖に全身が支配されている。

汗腺《かんせん》が狂ってしまうほど、目の前の女が恐ろしかった。

「常盤様に、会わせてください。お祈りを……」

薔は紅子から視線を逸《そ》らし、そうとわからないように深呼吸する。

そして初めて、この居間に彼女以外の人間がいることに気づいた。

隠れていたわけではなく、至極普通に存在していたのに、彼女に意識を囚《とら》われて視界に入っていなかったのだ。

部屋の奥にある別のソファーセットの前に立っているのは、五十くらいはいっていそうだが見目のよい細身の男と、見たところ彼の部下か、彼よりも立場が低いと思われる四十代か三十代後半くらいの三人の男達だった。

「貴方、うちの大事な跡取り息子に呪いの言葉を浴びせかけた神子なんですってね」

「——あ……」

「そこにいる正侍従の於呂島《おろしま》から全部聞きました。いまさら何を祈ってくださるの？」

「それは……」

「紫苑様の自殺原因が常盤にあるからといって、あの子に罪はありません。貴方の呪いは完全に八つ当たりでしょう？　そもそも元陰神子などいないのが普通であって、最年少で最下位の貴方が割を食うのは当然のことです。大方こんなことになって怖気《おじけ》づいたのでしょうけれど、当家の血を引く神子様方が祈ってくれましたから、これ以上は結構です。祈る振りをしてさらなる呪いなどかけられては困りますし、お引き取りになって」

ぴしゃりと言いきった紅子の顔には、目の前の神子を敬う気持ちは見られなかった。

神子の杏樹だと思っているにもかかわらず、むしろ侮蔑《ぶべつ》の視線を向けてくる。

教団信者とは思えない無礼さだったが、しかし母親として我が子を愛しているからだと捉《とら》えれば、理解できなくもない態度ではある。

「——申し訳……ありませんでした。十分に反省しています。また呪おうなんて、そんなこと全然考えてません。今はどうしても常盤様のために祈りたくて、直接お会いして謝りたくて来たんです。極秘で、どうにかここまで来ました。お願いです、常盤様に会わせてください。お願いします！」

薔は紅子に対する恐怖心を必死で抑え、言葉遣いに注意しながら頭を下げた。

しかし彼女は何も言わず、ようやく口を開いたかと思うとくすくすと笑いだす。

「杏樹様、人に物を頼む時は、頭をもっと低くするものですよ」

紅子はソファーに座りながら扇子を広げ、扇《あお》ぐように見せかけて下へ下へ……と、薔が今からすべきことを扇子の動きで指示した。

──まさか……俺が杏樹じゃないってこと知ってて、土下座させる気なのか？

紅子の言動は神子に対するものとは到底思えず、薔は自分の正体を知られている疑いを持つ。まだ神子候補に過ぎない贔屓生で、自分の夫が妾に産ませた子供──と思っているなら、この扱いも当然なのかもしれない。

「申し訳ありません」

いずれにしても薔が必要としているのは紅子の許可で、彼女の許しを得る以外に常盤に会う術《すべ》がないことは確かだった。

現に、紅子の実の甥《おい》である椿は、表向き常盤の恋人という立場にありながらも、彼女に許してもらえないがために常盤の見舞いができずにいる。

——俺が常盤の異母弟だって知っててやってるなら、なおさら頭を下げないと駄目だ。

冷静になって考えてみると、奥のソファーセットの前にいる四人の男のうちの一人を、紅子は「正侍従の於呂島」と言っていた。

薔は侍従の身分に明るくないが、常盤は正侍従代理として教団本部に行き、元陰神子の紫苑の世話をしていたらしい。そこから推測すると、正侍従は神子に接する機会があり、当然ながら杏樹の顔も知っていることになる。

——俺が杏樹じゃないこと、バレてるのか？　けど於呂島って人が俺を見たのは、俺がこの部屋に入ってからだし、おばさんに教える隙はなかったはずだ。

薔は疑惑を持ちながらも確信が持てず、杏樹の振りを続けることにする。

紅子が求めるまま床に膝をつくと、裾がふわりと広がった。床ではなく服の上に両手をつく恰好になってしまったが、「お願いします」と言って深々と頭を下げる。

いくら世間知らずでも、土下座が屈辱的なものであることくらいは知っていた。

知識として知っているだけではなく、自分自身とても悔しい気持ちになる恰好だ。

しかしこの行為が常盤に会うために必要なら、難なくできる。

むしろこうして、何かを要求されて応じることで会わせてもらえる確率が上がるなら、実行に移せる行為があるだけありがたい。

椿は紅子から、土下座をしたら常盤に会わせてやるとは言われなかったのだろうか。

そういう条件を出されることもなく追い返されたのか、それとも椿には土下座など許せない行為だったのか、或《あ》るいは土下座しても駄目だったのか——伯母と甥の間にどういったやり取りがあったのかはわからないが、自分はこれに賭《か》けるしかない。

「お願いです。常盤様の運気が上がり、一日も早く回復するよう、できる限り長い時間、そばにいさせてください。俺は……俺は在学中からずっと常盤に憧れてました！　呪ってなんかいません！　色々あって感情的になって反発しただけで、ほんとは……心の中ではいつだって常盤の幸福を祈ってます！」

薔はあえて神子らしい喋《しゃべ》り方をやめて、自分の言葉で訴えた。

身を低くしたまま紅子の顔を見上げ、片手で髪飾りを毟《むし》り取る。

留めるのに使っていたネクタイピンを外し、それを彼女に向かって突きだした。

理由はどうであれ我が子を守りたい気持ちを持つ紅子を説得するため、常盤への想いを目に見える形で示す。

「それは何かしら？」

「常盤のネクタイピンです。拾って、肌身離さず大事に持っていました。神子に好かれた男は幸せになるって言われています。俺は、西王子一族の神子に負けない幸運を、常盤に届けたくてここに来ました。信じてください！」

薔はネクタイピンを摑みながら、ぶるぶると震える手を紅子に向け続ける。

彼女の顔を見ているだけで背筋が凍り、体中を氷水に浸《つ》けられているかのようだった。それでも薔は目を逸らさずに、自分の存在が常盤にとって有益であることを訴えようとする。左手にネクタイピンを握り締め、自分の心臓の上に寄せた。

「貴方、以前どこかでお会いしたかしら？」

紅子は薔を見下ろしながら眉《まゆ》を寄せ、目に障ると言わんばかりな顔をする。

常盤の回復を願う者同士、彼女の心に響くものがあれば……と祈る気持ちでいた薔は、突然の問いかけに動揺した。

今この瞬間、常盤の弟だと気づかれたのかもしれない――そう思うと蛇に睨《にら》まれた蛙《かえる》の如《ごと》く動けなくなり、何をどう返していいのかわからなくなる。

「紅子様、若い神子様をあまり苛《いじ》めるものではありませんよ」

そう言って助け船を出してくれたのは、居間の奥にいた年配の男だった。

年齢と雰囲気からして、正侍従の於呂島というのは彼に間違いないだろう。

穏やかで優しげな口調だったが、彼とまともに顔を合わせるのは避けたかった。

若い神子様を――と言っている以上、遠目に見ていたこれまでは本物の杏樹だと思っていたのかもしれない。

だからこそ救いの手を差し伸べてくれたのだろうが、近くで顔を見られたら、偽者だと見破られてしまう。

「苛めるなんて人聞きの悪い。事故の直前、常盤に呪いの言葉をかけたのは杏樹様だと、私に教えてくれたのは貴方でしょうに」

「それは確かですが、杏樹様は酷いショックを受けて興奮状態にあり、泣いていらしたとご説明したはずです。常盤様を本気で呪ったわけではなさそうだ、とも申しました」

「そうだとしても、常盤は予報を外した突然の強風と雨に見舞われ、スピードを落として安全運転をしていたにもかかわらず不運な事故に巻き込まれました。神子様に悪い言霊《ことだま》をぶつけられたせいだわ」

「年頃の少年が、感情を上手く制御できずに心にもないことを言ってしまうなどよくあることです。こうして反省してわざわざご足労いただいたわけですから、他の誰よりも強い運気を常盤様に与えてくださることでしょう。許して差し上げたら如何ですか？」

「まあ……結局助かりましたし、禍《わざわい》を転じて福となりそうなので許しますけれど」

近くにやってきた於呂島に説得された紅子は、含みのある言い方をして笑う。

何がおかしいのか、何が福なのか、薔にはまったくわからなかった。

常盤の現在の容体がそれほど悪くはないとしても、一時は意識不明の重体になるほどの事故に見舞われたうえに、今回の一件を教祖に公表されてしまっている。

常盤にとっても西王子家にとっても甚《はなは》だ酷い禍でしかなく、薔の目には、転じてどんな福が見えてくるのか想像もつかなかった。

しかし紅子は確かに笑っている。扇子で口元を隠しても、目が笑っていた。

さらにもう一つわからないのは、於呂島が自分を杏樹として扱っていることだ。

杏樹が常盤に呪いの言葉を吐いた瞬間を見ていたような口ぶりにもかかわらず、間近で薔の顔を見ても平然としている。それどころか、微笑みながら手を差し伸べてきた。

「さあ、お許しが出ましたよ。常盤様の手を握って、回復を祈ってください」

その言葉に吸い寄せられた薔は、今はまず於呂島の手を握って立ち上がる。

わからないことだらけだったが、常盤に会わせてもらえるならそれでよかった。

あれこれ考えている余裕はなく、紅子の気が変わらないうちに……と、一礼する。

ところが彼女が座るソファーの横を通ろうとした瞬間、「待って」と声をかけられた。

「於呂島、その子は本当に杏樹様なの？」

「——ッ！」

華やかな目元から送られる鋭い視線に、薔は足を止めて固唾《かたず》を呑《の》む。

自分で何かを言うわけにはいかず、ただじっと、於呂島の発言を待つしかなかった。

「もちろんですよ。毎日のようにお会いしていますから、間違えるはずがありません」

於呂島は紅子の問いに答えると、薔の手を引いて居間の奥に連れていく。

彼の部下と思われる三人の男達が、深々と頭を下げてから扉を開けた。

その先に延びていたのは病院らしい白い小部屋で、病室との中継点のようだった。

薔は背中に紅子の視線を感じたが、気づかぬ振りをして次の間に足を踏み入れる。

背後で扉が閉められると、ようやく肩の力を抜くことができた。

「年のせいか、最近どうも若い子の見分けがつかなくて」

「……え？」

「同じ年頃の綺麗な少年は、似たり寄ったりに見えてしまうんだ。しかしまあ、杏の花の白い装束を着ていれば、それは杏樹様に違いないだろう。神子以外の信者の少年は学園にいるはずだし、あの堅牢な囲いの外に出られるわけがない」

於呂島は独り言のように呟くと、ドアの近くにある洗面台に近づく。

薔に向かって、「感染症を防ぐために、手洗い消毒をお願いします」と言ってきた。

「はい」と答えた薔は促されるまま手を洗い、その間ずっと、横顔に視線を感じる。

彼に、「どうして見逃してくれるんですか？」「俺の正体に気づいてるんですね？」と、訊いてはいけないのはわかった。ここで何を言ってても言わなくてもあとあと迷惑をかけてしまうだろうが、彼に感謝するなら、共犯者にしないことが最善の選択だ。

「青一《せいいち》くん、入っていいかな？　常盤様はお目覚めになったんだろう？」

於呂島は病室のスライドドアを開け、顔だけを突きだす。

その先には衝立《ついたて》があり、薄紫色の布が張られていた。

病室の奥から、誰かが歩いてくるのがわかる。

「術後に一度起きましたけど、また寝てるんでご遠慮いただきたいですね」

聞こえてきたのは、若い男の声だった。

薔の位置からは見えなかったが、声の質からして背が高い男を想像する。

「特別なお客様だ。せめて顔だけでも見せて差し上げてくれ」

一度は否定的だった男は、「人が近づくとすぐ起きちゃうんですよね。とりあえず静かにお願いしますよ」と、条件つきで入室を許した。

ようやく常盤のいる部屋に入り、常盤に会える喜びと、さらに騙《だま》してクリアしなければならない人間がいることへの苛立《いらだ》ちに襲われた薔は、摘まんでいた裾を強く摑む。

もう何もかも放って走りだしたいのに、スカートのように広がった長い裾が、「最後まで慎重に、神子として振る舞え」と言い聞かせてくるようだった。

「――さあどうぞ、杏樹様。こちらは常盤様の主治医の息子さんです。とはいえ今は彼が主治医も同然でして……常盤様は手術のために王鱗病院への転院を断念しましたが、交換条件として彼を担当医師に指名したんです。それとて無茶な話ではありましたが」

於呂島のあとについて病室に入ると、三十畳ほどの空間が広がる。

しかし入り口付近に大きな衝立があるせいで、ベッドは見えなかった。

「初めまして、雨堂《うどう》青一です」

紹介された男は、にっこりと愛想よく微笑みかけてくる。

年は三十歳前後で、常盤と同じか少し上くらいに見えた。やはり背が高い。学園の病院にいる医師とは異なり、あまり真面目《まじめ》そうには見えなかった。スマートな白衣の中に、派手な色のシャツとネクタイを合わせている。髪は落ち着いた褐色だが、髪型にはこだわりがありそうだった。

肌は健康的な小麦色で、目は切れ長で東洋的——どちらかと言えばあっさりした顔立ちにもかかわらず、何故かとても華やかな印象を受ける。

「青一くん、こちらは神子の杏樹様だ」

「……え、神子？　神子って、神子サン⁉　じゃあ俺は会っちゃ駄目でしょ」

「いや、まあ……そうなんだが、少しだけだ。常盤様の容体についてご説明したら、君はすぐ仮眠室にでも籠《こ》もるといい。神子に会ったことは誰にも言わないようにな」

「そりゃ言いませんけど、でもいいのかな……俺は信者じゃないのに」

「——っ⁉」

青一の一言に、薔は耳を疑った。思わず露骨な反応をしてしまう。

教団員以外の人間に会ったのは初めてで、俄《にわか》には信じられなかった。

教団員ではない男性ということは、つまり王鱗学園の卒業生ではないということだ。

そういう一般の人間が今自分の前にいることが嘘のようで、女性や女児や老人を見た時以上に驚かされた。

——教団信者じゃない医師ってことは……じゃあ、この人が常盤の親友？

常盤よりも少し年上で、医大卒で、虎咆《こほう》会の専属医師兼、彫師——常盤の背中に黒龍の朧《おぼろ》彫《ぼ》りを彫った人物。常盤が「背中を任せられる」と言っていたのは、この男だ。

「青一くん、あとは頼むよ。杏樹様は時間の許す限り常盤様のそばにいたいそうだ」

困り顔をする青一を置いて、於呂島は足早に病室を出ていく。

背後のスライドドアが閉まるなり、薔はベッドに駆け寄りたくなった。

もう誰かと話して時間を奪われるのは嫌だった。

ましてや常盤の親友なんて、顔を合わせるのも嫌だ。

我儘《わがまま》だという自覚はあるが、常盤が心を許す存在すべてに嫉妬《しっと》してしまう。

「すみません、失礼します！」

薔は青一の横をすり抜け、衝立の先にあるベッドに向かう。

病室の奥はカーテンで覆われ、ベッドはほんの一部しか見えなかった。

床面積が実際の二倍にも三倍にも感じられるくらい、ベッドまでが遠く感じる。

神子の衣装の長い裾を思いきり持ち上げて大股《おおまた》で走り、制服の白いパンツも革靴も全部見えてしまってても気にせずに、とにかく急いで駆け寄った。

「常盤……！」

天井のレールから下がる薄紫色のカーテンをめくると、そこには確かに常盤がいた。

医療用電動ベッドの上に仰向けに寝ていたが、薔が覚悟していた姿とは違う。たくさんの医療機器に囲まれたり、酸素マスクをつけたりはしていなかった。左手を指までびっしりと包帯で覆われ、ギプスで固定されているようだったが、他には特に痛々しい所はない。安定した鼓動を示すバイタルサインモニターと、点滴スタンドに繋がれているくらいだ。

「常盤……っ」

薔は眠る常盤の右側に回り、上掛けから出ている右腕に触れる。病衣の袖から伸びる腕は逞《たくま》しく、その先にある手は大きい。指は長く、五本すべてが健在で爪《つめ》も綺麗なままだった。普段よりも少し温かい掌に触れると、ぴくりと反応する。

「常盤……来たよ、やっと会えた」

目の下に青痣《あおあざ》に似た色の隈《くま》ができていて、唇の色も青みが強かった。しかし自力で呼吸しており、熱い血が通っているのは間違いない。常盤は確かに生きていて、そのうえ重篤には見えなかった。

「常盤……」

名前を呼んでも目を覚ましてはくれないが、それでもとにかく嬉しくなる。涙腺《るいせん》が決壊するのをどうにもできず、薔は常盤の手を握ったまま随喜《ずいき》の涙を零した。

こらえようにもこらえきれなくて、一旦《いったん》零れてしまうと止めどなく溢《あふ》れだす。

ひくついた声が漏れてしまったが、みっともなくても構わなかった。

青一がベッドの向こうに立っていても、取り繕う気になれない。

——神よ、この人を助けてくれたことに感謝します。どうか、あらゆる悪意から常盤を守ってください。俺の、大切な人なんです……!

薔は常盤の右手を握ったまま、涙に咽《むせ》ぶ。

遂には立っていられなくなり、その場で膝を落としてしまった。

常盤の右手に濡れた頰を寄せて、顔に触れてくれる時の感触を求めて押し当てる。

龍神が常盤を痛めつけたのか、それとも龍神が常盤を助けたのか、その見極めをつけることは不可能だったが、今こうして生きている彼に会えたことを神に感謝したい。

「もしかして、椿ちゃん?」

「——え……?」

泣きながら常盤の手に頰を寄せていた薔は、頭上から聞こえる声に瞼を上げる。

ベッドの反対側に立っていた青一が、身を乗りだしながら自分の顔を凝視していた。

一瞬、何か勘違いがあって椿と間違えているのかと思ったが、そうではないことに思い至る。

この場合の椿は、自分の本名だ。青一とは過去に面識があるはずだった。

「そうだよな？　篁《たかむら》の弟の椿ちゃんだ。今の名前は薔くんだろ？」

嬉しそうな顔をして訊かれた薔は、泣き濡れた顔を慌てて拭《ぬぐ》う。

彼の存在を気にしていなかったが、話しかけられると泣き顔が恥ずかしくなった。

教団外の人間でありながらも色々と事情を知っていそうな青一に、何をどこまで話していいのか判断に困る。しばし迷った挙げ句に、黙って頷いた。

「やっぱりそうか、すっかり大きくなって見違えたよ。あーでも、目はそのまんまだな」

青一はより一層嬉しげに言うと、「椿ちゃんの写真、毎日見てるから」と微笑んだ。

「そう、ですか……」

「もう忘れちゃったかもしれないけど、君は篁と一緒にうちに来てよく遊んだんだよ」

青一の笑顔に見覚えがあるような、ないような、薔の記憶の扉は中途半端な開閉を繰り返し、結局よくわからないまま終わった。

紅子の過去の表情や荒々しい行為は昨日のことのように鮮明に思いだせるのに、青一に関する記憶は、あったとしても薄ぼんやりとした霞《かすみ》の向こうだ。

「すみません、子供の頃のことはあまり憶えてなくて。あの……それより常盤はどういう状態なんですか？」

薔は再び零れてしまった涙を拭い、立ち上がって姿勢を正す。

青一から視線を逸らして常盤の顔を見てみたが、目覚める気配はなかった。

「バイクの運転中に乗用車に突っ込まれて道路から飛ばされたんだけど、濡れて柔らかくなってた土の斜面に落ちたんだ。篁はよく鍛えてるし格闘技もやってるし、咄嗟《とっさ》に受け身を取ったのか頭部や頸部《けいぶ》に損傷はなく、体や脚も挫《ざ》傷《しょう》と亀裂《きれつ》骨折くらいで済んでる。元々折れてた肋骨《ろっこつ》も幸い悪化することはなく、肺や心臓も無事。ただ、左手関節を派手に開放骨折したのと、手掌から手首にかけた裂傷による出血が酷かったんだ。事故が起きたのはまだ暗い時間だったし……天候不良と足場の悪さから救出が遅れたこともあって、一時は危険な状態だった。今はもう落ち着いてるけど、骨が皮膚から外に飛びでたもんだから、感染症を避けたり整復するために二度手術したんだ。それが無事に終わって、薬で発熱と痛みを和らげてるとこだよ」

彼はそう言いながら常盤の病衣の左袖《そで》をめくり、手術箇所を指で示して説明する。

包帯の中がどうなっているのか見えるわけではなかったが、話を聞いているだけで身につまされた。実際に左肘から先が痙攣《けいれん》しそうになり、手首が引き攣《つ》って痛くなる。

事故後の常盤の苦痛や、血に塗れた姿を想像した薔は、生身を削る苦しさに涙した。

心臓が爆ぜて息が乱れ、正常な呼吸すら儘《まま》ならなくなる。

青一に礼を言おうにも言えず、嗚咽《おえつ》をこらえるのがやっとだった。

「不思議だな、誰か近づくとすぐ起きちゃうのに、横で喋っててても熟睡してる。こんなの初めてだよ」

薔は「そうなんですか？」と訊きたかったが、ひくっと喉を鳴らして終わる。

しかし通じたらしく、彼は「うん」と答えながら頷いた。

「特に姐《あね》さんが近づくと凄いんだ。まだ麻酔が効いてる時だったのに、カッと目ぇ剝いて起きちゃってさ、お前は手負いの獣かっつー勢いで。傷に障るから近づくなって言ったら姐さん怒っちゃうし、八つ当たりされた椿姫は門前払い。結局本人との親密度に関係なく姐さんのお気に入りしか通さないんだぜ、酷い話だろ？　薔くんは神子コスしてなんとか通してもらえた感じ？」

青一の言葉が部分的にわからなかったが、言わんとしていることは察しがついたので、薔は「はい」と短く肯定する。何よりも、目の前の男が常盤を「お前」呼ばわりしていることに驚いてしまい、呼吸の乱れとは無関係に絶句してしまった。

——年上の親友なら当然か。楓雅さんは俺のこと名前で呼ぶことが多いけど、お前って言うこともあるし。

特別じゃなく普通のこと——そう言い聞かせても胸がちくちく痛くなり、教団信者ではない人間と、これ以上何を話していいのかわからなくなる。

ただ、早く仮眠室とやらに行ってほしいと思った。

常盤の心音を聴いたり顔に触れたり、唇を重ねたりするためにも、そして神への祈りに集中するためにも、早く二人きりになりたい。

「ごめん、邪魔だったね。もう退散するよ」

「……っ」

「薔くんがここにいるってことは、脱出不可能な学校を凄い無茶して抜けだしてきたってことだろ？　こっちとしては色々聞きたいとこだけど、一分一秒も惜しいよな。俺はそのドアの向こうにいるから、煮るなり焼くなり好きにしちゃって。ただし左手には触らないこと。胸部と脚には圧をかけないように、触るならそっとね」

「は、はい……あの、すみません。ありがとう、ございます」

「どういたしまして。ゆっくり会えるのを楽しみにしてるよ」

青一は両手を白衣の胸元まで上げて、軽く振りながら去る。

踵《きびす》を返してポケットに手を突っ込みながら歩く姿は、飄々《ひょうひょう》として見えた。

一見軽薄だが空気を読める聡《さと》い人のようで、付き合いやすい人物なのがわかる。

「常盤……」

ようやく二人になれたが、常盤は名前を呼んでも手を握っても目覚めなかった。

もしも事故のせいで意識が戻らないなら、自分は今頃どうかしてしまっていただろう。

しかし今の常盤は眠っているだけだ。それも、安心して眠っている。

いつまでここにいられるかわからないため、本当は早く目を覚ましてほしかった。

力強い黒い瞳で見つめてほしい。声を聞かせてほしい。手を動かして触ってほしい。

けれども骨肉が裂ける苦しみに悶《もだ》えた常盤が、今は痛みを感じずに心地好く眠れているなら……それはとても嬉しいことに思えた。

「俺の前で寝たことなんて、なかったのにな」

薔は常盤の前髪を撫でながら、苦笑気味に呟く。

常盤はいつも、二人で過ごす時間を惜しんで眠らない。

その考えは薔も同じで、眠ってしまうのは勿体《もったい》ないことだと思っていたが、一度として朝まで起きていられた例《ためし》がなかった。

抱かれると失神したり疲れて眠ってしまったりするので、起きた途端に後悔し、過ぎた時間を悔やむ破目になる。

しかし今、こうしているとわかることがあった。

一緒にいれば、たとえ眠っていても幸せで、とても贅沢《ぜいたく》な時間になる。

ましてや相手が見守っていてくれるなら、それは紛れもなく二人の時間だ。

穏やかな寝顔を見せるだけで常盤を幸せにしていたことを、薔は初めて知った。

エピローグ

このうえなく甘い夢の中を漂っていた常盤《ときわ》は、雲の上から下りるように現実に近づく。目覚めの予感がして、意図的にまた夢の中に戻ろうとした。

起きたところであと数日は動けそうになく、母親が好き勝手に振る舞うのがたまらなく疎ましい。

何より腹が立つのは、それをどうにもできない自分自身だ。

西王子《さいおうじ》家は教団御三家の一つであると同時に、広域暴力団組織、虎咆会《こほうかい》を率いる極道一家でもあり、一族内での序列に特異性があった。

一般の極道は男社会であるため女は添え物に過ぎないが、構成員の約半数が王鱗《おうりん》学園で育った世間知らずという問題を抱えている虎咆会の場合は、男の構成員の次に、その妻が力を持って組を支える。

つまりトップは組長である常盤の父親で、ナンバー2はその妻の紅子《べにこ》だった。

若頭の常盤はナンバー3に当たり、常盤が未婚のうちは叔父が常盤のすぐ下になる。

外の世界で育った常盤にとっては忌々《いまいま》しい序列だが、組織の秩序を守るためには、まず上の人間が規範になる必要があった。

そういった事情から、常盤がいくら周囲の者に、「姫が来たら通せ」と言っても、「姫を呼んでくれ」と言っても、紅子が拒めば誰も椿《つばき》を通せない。

椿に会って薔《しょう》への伝言を頼みたかった常盤の希望は、叶《かな》わないままだった。

教祖の一存で事故の件を公表されてしまったが、薔は知っているのだろうか。

通常ならば生徒や学生には知らされないが、椿や楓雅《ふうが》と接している薔の耳には、すでに情報が入っているかもしれない。そうだとしたら、どんなに心配していることか——。

——二度目の手術が済んだ以上……教祖から直々《じきじき》に薔に会うよう命じられた俺が、王鱗病院に転院できない理由はない。今度こそ何がなんでも転院してやる。あの塀の中にさえ入ってしまえば、紅子に好き勝手されることもなく、薔に会える。紫苑《しおん》様のために祈ってもらうことも、薔を抱いて神を降ろすこともできるはずだ。

薔に絡《から》んだ深い事情を知っていて、なおかつ学園に出入りできる人間と面会することが叶わないなら、あとはもう、伝言を諦《あきら》めて直接会うより他ない。

何より自分自身が会いたくてたまらなかった。

さすがに死ぬかもしれないと思った時、走馬灯のように薔の姿が浮かんできて、記憶に留《とど》めた幼い頃に限らず、実際には見ていない小学生の薔や中学生の薔……そして今よりも大人になった薔の姿を見た。

それは救出されてからも同じで、眠るたびに薔の夢を見る。

怒ったり拗《す》ねたり、笑ったり照れたり、どんな顔をしても可愛くて仕方がなかったが、心配そうな顔や、悲しむ顔を見ると胸が締めつけられた。

現実の薔は、今頃どんな表情で過ごしているだろう。

少なくとも、笑ってはいない気がする。

――事故のことを聞いてるなら、中途半端な情報しか得られずに心配しているはずだ。もしまだ知らなかったとしても……約束通り読経《どっきょう》コンクールに乗じて会いにいかなかったことで、不安な思いをさせただろう。

鍛えてもまだ脆《もろ》い自分の体に対して、苛立《いらだ》ちが止まらなかった。

西王子家が司る虎《とら》になって邪魔者を蹴《け》散《ち》らし、今すぐ会いにいけたらいいのに。人間離れした驚異的な体力が欲しい。痛みに呻《うめ》くことすらない精神力が欲しい。骨が砕けようと肉が裂けようと足を止めず、薔の許まで延々と歩き続ける力が自分にはなかった。それがたまらなく悔しい。

――簡単に壊れるこんな体は脱ぎ捨てて、獰猛《どうもう》な虎になって走りだしたい。そう願ったところで、現実は十メートル歩くのに数分。麻酔が効いていてもその程度だ。情けない、実に情けない。いつまでこんな、俎上《そじょう》の魚《うお》みたいに……。

廊下には、自分を守るためではなく閉じ込めておくために、屈強な組員が大勢待機している。紅子は意地になって泊まり込み、母の愛情だと戯言《ざれごと》を口にする。

口惜しいが無茶は通らず、今度こそ冷静に最短ルートを選択しなければならなかった。急いでバイクを選んだために著しい遠回りになってしまったが、もう二度と間違えてはならない。迅速に回復して、正攻法で学園内の病院に移るより他に、薔の命の期限に間に合わせる方法はないからだ。

——薔……待っていてくれ、必ずお前の所に行くから……不安でいっぱいだと思うが、あと少しだけ待っていてくれ……。

常盤は休まらぬ思考の中で、夢現《ゆめうつつ》を彷徨《さまよ》う。

事故から先、薬で頭がぼんやりして常に眠たい反面、紅子が与えてくる外的ストレスで眠れない時間が続いていた。

今は何故かとても心地好く眠れているので、もう少し眠っていたい。

体を休めていても、これまでのことやこれからのことを考えることはできた。

紫苑に関する悔恨も封じることはなく、教団本部でのことはもちろん、事故の直前に起きた出来事や、死の顎門《あぎと》に首を突っ込んだ瞬間のことも、あえて何度も思い返している。

色々と考えた結果、常盤は光明を見いだすことができた。

あのバイク事故は、運の問題だけではなく自業自得だとわかっているが、過去の天罰で負った火傷《やけど》の痕《あと》が裂け、左手首を切り、紫苑の古傷と揃《そろ》いの傷が残ることから考えて——何か関係があるように思えてならなかったのだ。

紫苑を追い詰めて傷つけたことで龍神《りゅうじん》の怒りを買って、他の誰でもない、神そのものからの呪《のろ》いを受けたのかもしれない。

そうだとしたら、この事故は即ち、紫苑が今でも神に愛されている証拠になる。

龍神が今後もまだ紫苑を抱きたいと望むなら、性交が不可能な現在の状態のまま見限ることはなく、神通力を用いて回復させる可能性もあるのでは……と希望が持てた。

その一方で、神の怒りを買いながらも自分が再び助かったのは、薔のおかげだと思っている。今も昔も、神に愛される薔の想いを受けていたから助かったのだろう。

自分にとって最愛の人間が、同じように思ってくれていると信じられるのは、感に堪えないほど幸せなことだ。

会いたくても会えない今だからこそ余計に、薔のひたむきな愛情を切々と感じる。

「常盤……起きたのか?」

夢の中で聞いたのと同じ声を耳にした常盤は、目覚める夢を見ているのだと判断した。

現実に戻ってしまわなくてよかったと、心から思う。

一つの夢が終わって、どうやら次の階層に移ったようだが、この夢もまた素晴らしい。

先程まで見ていた夢よりは、遥《はる》かに現実感があった。とはいえ、この夢も実際にはあり得ない状況だが――。

「薔……お前が学園の外にいるなんて……」

「常盤……っ」

「いい夢だな、ああ……でも、その恰好《かっこう》はいただけない。なんだってそんな悪趣味な服を着て俺の夢に出てくるんだ？　神子《みこ》になったみたいで不愉快だ」

病院のベッドの傍らに、薔が座っていた。

しかし本当に服装がいただけない。

白に銀糸の花柄が入った装束は、どう見ても神子の衣装だ。

学園の外に出ているのは素晴らしいが、神子になって出たのでは意味がない。

「大丈夫、神子になったわけじゃない。これは杏樹《あんじゅ》のなんだ。ほら、杏《あんず》の花柄だろ？」

「――ああ、本当だ……薔薇《ばら》じゃない」

「うん、だから大丈夫。俺、バスに乗って脱走してきたんだ」

薔にしては面白い冗談を言うな――と思いながらも、常盤は薔が着ている服の柄をもう一度じっくりと見て安堵《あんど》する。

桜に似た杏の花の刺繍《ししゅう》は、神子の杏樹の衣装に施される物に間違いない。

薔の竜生名に因《ちな》んだ薔薇でもなければ、本名の椿でもなかった。

「いい夢だな、お前が脱走して会いにきてくれるなんて……最高だ」

「うん……ちょっと大変だった」

「よく頑張ったな」

常盤は薔に握られていた右手を浮かせ、薔の頭を撫《な》でる。

丸い、いい形の頭だとつくづく思った。触るたびに誇らしくなる。

今から十八年前、育児書やベビー用品のカタログを手にあれこれと考えて努力し、左右対称の丸い頭になるよう、気をつけて育てた結果の手応えだ。

いくつになっても可愛い、最愛の宝物……迂闊《うかつ》に手を出して恋仲になってしまったが、後悔はしていない。最も愛する者とより深い絆《きずな》を結んで、情愛では止《とど》まらぬ性愛に溺《おぼ》れることに、いったいなんの不満があるだろう。

「俺は幸せだな」

「……本当に？」

「ああ……この夢もいいが、さっきまで見ていた夢も素晴らしかった」

「──どんな夢？」

常盤が頭を撫でて褒めているのに、薔は泣いていた。

幼い頃は尋常ならざる泣き虫だったが、自分の前では笑ってばかりで、泣き顔の印象は薄い。こうして触れているのに泣くのは妙だが、たまらなく可愛い顔で笑いながら泣いているので、さほど問題はない気もした。

「お前がたくさんいて、ハーレムみたいだった」

「なんだよ、それ」

「夢の中のお前は、小学生で……ランドセルを背負ってた。学ランを着た中学生のお前も現れて、そうかと思うとスーツ姿の……たぶん二十五くらいの色っぽいのもいた」

「……ごめんな、一人しかいなくて、色気も足りなくて」

「いや……今でも十分色っぽい。それに、お前が何人もいたら大変だ」

「俺……面倒ばっかりかけるから？」

「お前が何人もいたら、他の男や女が近寄らないよう、見張るのが大変だろ？」

常盤は薔の頭を引き寄せ、泣き顔をより近くで見つめる。

しかし唐突に睡魔が襲ってきて、一瞬何も見えなくなった。

これは夢のはずなのに、眠くて眠くて、断続的に別の夢に飛んでしまう。

次の夢もいい夢とは限らないから、まだこの場にいたかった。

何より、泣いている薔を置いてどこへも行けない。

今は笑いながら泣いているが、自分がいなくなったら本気で泣きだしそうだ。

昔からそうだった。ほんの少し離れただけで、この世の終わりのように嘆いて――。

「薔……もう、泣くな……泣かれたら、甘えられないだろ？」

常盤は薔の頬《ほお》に触れ、ぐいぐいと涙を拭《ぬぐ》う。

頬の肉の感触も温《ぬく》もりも、非常にリアルだった。

薔は意外と言わんばかりに目を見開き、小首を傾《かし》げる。

「常盤が、俺に甘えるのか？」

「――夢なら……いいだろ？」

「現実だったら駄目なのか？」

薔の問いに、常盤は苦々しく笑う。

いつか思いきり甘えられる日が来ればいいが、今はそういうわけにもいかない。

「俺はお前の兄だ。どういう関係になっても、お前を守り、厳しく躾《しつ》け、可愛がる」

「うん……けどこれは夢だから……俺に甘えていいよ。思いっきり甘やかしてやる」

薔は自分の手で涙を拭うと、やけに頼もしいことを言った。

口ばかりではなく、表情も頼もしく見える。右手を握る力も強い。

いつの間にか手が大きくなったと感じた。しなやかで綺麗《きれい》な、男の手だ。

「――キスを、してくれ」

「それなら……もういっぱいしたけどな」

薔は微笑《ほほえ》みながら身を乗りだすと、額にキスをしてくる。

それから眉《まゆ》の上にも瞼《まぶた》にも、頬にも。最後はもちろん、唇だ。

薔の唇は甘くて、優しくて……記憶に刻まれた痛みを和らげてくれた。

「ん、ぅ……う……ふ……」

丸い頭を押さえて口づけを深めると、蕩《とろ》ける蜜《みつ》が舌の上に広がる。

これは都合のいい夢に違いないが、数日後には現実にしたい。しなければならない。

薔の舌を味わいながら決意を新たにした常盤は、頭だけでは足りなくなって薔の背中に触れる。そのまま腰まで手を滑らせ、夢から覚めないことを祈りつつ臀部《でんぶ》に触れた。

「ん……っ⁉」

神子の衣装は、スカートのように裾《すそ》が長く広がっている。

心地好い感触を期待していた常盤だったが、薔の臀部には複数の生地が重なっていて、いつもの手応えが感じられなかった。衣装の下に何か穿《は》いているらしく、愛《いと》しいカーブが掌《てのひら》に伝わってこない。

「……ふ、ん……ぅ」

「──ッ……ン……」

甘い吐息を漏らす薔と濃厚なキスを続けながら、常盤は薔の服の裾をたくし上げた。

その下にあったのは剝《む》きだしの太腿《ふともも》でもなければ下着でもなく、制服のパンツだ。

おかしな恰好をしているな……と思いながらも尻《しり》のカーブを求めて撫でると、ようやくいつもの感触を得て人心地がつく。

その昔、汗疹《あせも》などできないよう小まめに入浴させ、ベビーパウダーを薄《うっす》らと叩《はた》いてさらさらに保たせた尻だ。パンツと下着の下に、あの尻があるのかと思うと胸が弾む。

──お前と一緒にいると、本当に幸せだな……俺は……。

両手でぎゅっと抱きしめられないのがつらいところだったが、薔とキスをしながら尻の手触りを堪能《たんのう》し、しみじみと幸福を味わう。

しかし贅沢《ぜいたく》な時間は長くは続かず、薔は唇を離して首を引いた。

薔の顔をもう一度見つめたかった常盤は、睡魔と闘いながら瞼を上げる。

するとそこには、頬を赤く染めた薔がいた。照れているようだが、怒っているようでもある。複雑で可愛くて、ますます抱きしめたくなる顔だ。

「常盤……起きないと……く、口で……あれ、しちゃうぞ」

真っ赤になりながら言われた常盤は、それはまずいと思って目を覚ます。

夢現を漂っていた意識が、ふっと現実寄りに傾いた瞬間だった。

目覚めたら薔はいないはずなのに、目の前の薔は消えない。

右手は、制服のパンツ越しに尻のカーブを捉《とら》えていた。

「──ここは……学園の病院か？」

夢ではなく現実なのか、それともやはり夢なのか──現実だとしたら、眠っている間にもう一度転院して、王鱗病院に入院しているに違いない。そうでなければ、薔が目の前にいるはずがないのだから。

「ここは八十一鱗《くくり》園の病院だよ。朱雀《すざく》西東京病院」

薔の言葉があまりにも意外で、常盤は何も言えずに押し黙る。

それでも現実を受け入れるために思考が働き、術後間もない左腕を少し上げたり、亀裂《きれつ》骨折で痛む脚を曲げたり、痛みによって自分を覚醒《かくせい》させた。

薔の言う通り、ここは朱雀西東京病院だ。

天井もカーテンも調度品も、手術前後に目にした物と変わらない。

窓の外は暗くなっていたが、陽《ひ》が落ちて間もないくらいの空色だった。

薔は杏の花柄が入った衣装を着ながらも、下半身は制服のパンツを穿いている。

「――どういう、ことだ？　夢じゃないのか？」

「現実だよ」

そう言って微笑んだ薔は、「これ……」と言ってネクタイピンを差しだした。

常盤は悪戯《いたずら》に触れていた薔の尻や腿から手を引いて、それを受け取る。

硬質な感触は薔の体よりも現実味があり、ますます目が冴《さ》えた。

「夢のままにされるなら、右手にこれを残して……来た証拠にしようと思ってた」

そんな、シンデレラみたいな真似をされても困る。後悔に沈んで、治るものも治らなくなるじゃないか――そう言いかけた常盤は、ネクタイピンを返すなり薔の肩に触れた。

本当に存在していることを確かめたくて、骨格を強めになぞってみる。

「あの学園から、脱走できたのか？」

「ああ……楓雅さんと杏樹が協力してくれて、神子が乗るバスに潜り込めたんだ」

「いくら教祖の息子でも、学園から生徒を脱走させるなんて……」

楓雅が教祖の息子であることを薔の前で口にしてしまった常盤は、自分の発言にまるで驚いていない様子の薔を見て息を詰める。

楓雅が学園内で特別扱いされているのは誰の目にも明らかであり、楓雅の正体を知っているくらいは構わない。察しただけでも、本人から聞いたのだとしても問題はない。

しかし薔が自分の本当の親や兄のことを知るのは、耐え難いものがある。

自分が知らない間に、二人が実の兄弟として語らい、薔が「常盤はただの恋人」と位置づけたうえでここにいるなら、それはあまりにもつらい。

骨が砕ける痛みなどとは比較にならないほどつらそうで……覚悟を決めて傷つく準備をするのさえ嫌だった。

「捕まったら心神喪失の振りをするようにって言われたんだけど、楓雅さんの予想以上に常盤のお母さんが厳しい人だったから、それは通用しないと思う。杏樹の振りして結構長々喋《しゃべ》ったし、精神状態はまともだったと判断される気がする。あ、於呂島《おろしま》さんていう人が助けてくれたんだ。俺を杏樹だって保証してくれて、そのおかげで病室に入れた」

常盤の不安を余所《よそ》にこれまでの経緯を語った薔は、「楓雅さんは教祖の息子なんだし、俺に協力したことで厳罰なんか受けないよな?」と訊いてきた。

口ぶりからして、自分も教祖の息子だとは思っていないらしい。

常盤は思わず露骨に愁眉《しゅうび》を開き、安堵の溜《た》め息をついた。

「お前も……きっと大丈夫だ。楓雅が絡んでいるなら、大事《おおごと》にはならないだろう」

お前も教祖の息子だから——内心ではそう言いながらも口に出したくなかった常盤は、薔の襟足を撫でながら、「お前も御三家の子供だから」と言うに留めた。

「懲罰房で済むかな？　それもあんまり長いと、龍神が降ろせなくて死にそうだ」

「お前が脱走した事実が、どれだけの人間の耳に入るか……何より、誰の耳に入るかによって懲罰は変わってくる。場合によっては、御咎《おとが》めなしで元の病室に戻るだけだ」

「……本当に？　そんなこと、あり得るのか？」

「南条《なんじょう》家の人間は、楓雅に罪を着せたくないからな。騒《さわ》ぎになって楓雅がお前に協力したことを公《おおやけ》にするのは避けたいはずだ。なんとしてでも揉《も》み消そうとするだろう」

楓雅が薔に無茶をさせたことに関して、常盤は怒気と嫉妬を帯びた複雑な謝意を持っていたが、結局のところ薔は今とても幸せそうで——楓雅の選択は正しかったと認めざるを得ない。

何より自分が、この夢のような出来事に至福を感じていた。

「於呂島を介して……南条家の正侍従に連絡を取ろう。教祖の耳に入るよう事情を話し、お前を秘密裏に学園に戻してもらう」

「常盤……」

まだ一緒にいたいと、そう訴える目で見つめられた。それは自分も同じだ。いっそ何もかも投げ捨てて、このまま薔と共に世界の果てまで逃げたいとすら思う。

「正侍従がいるのは、ここから二時間以上離れた場所だ。迎えがくるまでにはそれなりに時間がかかる。その間に……お前に話したいことも、頼みたいこともある」

薔は大きな瞳《ひとみ》を潤ませながら、唇を引き結んだ。

泣くのをこらえ、「うん」とだけ返す。答えたあとになって頷いた。

それにより両目から涙粒が落ちたが、さっと拭って気丈な顔を向けてくる。

「また、すぐ会えるよな?」

「ああ……今度こそ学園の病院に転院し、退院後は降格という形で竜虎《りゅうこ》隊に戻る。必ずそうなるから大丈夫だ。あと少し待っていてくれ」

薔は結局また涙を零《こぼ》し、同じようにさっと拭って「うん」と答えた。

大変な思いをしてここまで来てくれた薔を、早く帰すのはつらい。

本当につらいけれど、今はこれが正しい選択だと信じている。

「――薔、ありがとう」

頬に触れながら告げると、薔はようやく笑う。

せっかく薔が笑ったのに、視界が滲《にじ》んでよく見えなかった。

あとがき

こんにちは、犬飼《いぬかい》ののです。

ブライト・プリズン四作目をお手に取っていただきありがとうございました。

三巻と四巻は連続刊行になりまして、一気に書いて一気に出すという感じでした。

予定通り刊行できたのも、いつも応援してくださる読者様や、彩《あや》先生、関係者の皆様のおかげです。心より御礼申し上げます。

本作では教団本部のシーンも多くありましたが、次巻はまた、学園ファンタジーらしく学園に戻りつつ、そろそろ榊《さかき》を出したいところです。五巻もよろしくお願い致します！

『ブライト・プリズン　学園を追われた徒花《あだばな》』、いかがでしたか？

犬飼《いぬかい》ののの先生、イラストの彩《あや》先生への、みなさまのお便りをお待ちしております。

犬飼ののの先生のファンレターのあて先

〒112-8001　東京都文京区音羽2-12-21　講談社　文芸第三出版部「犬飼ののの先生」係

彩先生のファンレターのあて先

〒112-8001　東京都文京区音羽2-12-21　講談社　文芸第三出版部「彩先生」係

＊本作品はフィクションであり、実在の個人・団体・事件などとは一切関係がありません。

大ヒットシリーズ・待望の連続刊行を記念して、
かきおろしショートストーリーが今月も到着！
犬飼のの先生解説付きのキャラクターアルバムとともにお楽しみください♥
犬飼のの著　彩イラスト
かきおろし
スペシャルショートストーリー
『黒い淫薬』
&
私立王鱗学園
交錯する密愛
キャラクターアルバム

BRIGHT PRISON

特別番外編 黒い淫薬

儀式が終わって朝が来ると、お決まりの未練の他に、様々な感情が沸き起こる。

大きく分けると二つあって——ここからまた一月待つことを考えて沈む気持ちと、昨夜の出来事を思い返して恥ずかしいほど浮き立つ気持ちだ。

そのどちらに心を寄せたら自分が幸せになれるのか、答えはわかってるのに上手く実行できない時もある。やっぱり、一月は長い。凄く長い——。

「俺もシャワー浴びてくる」

「手伝おう」

先にシャワーを済ませて浴衣に着替えていた常盤が、布団から手を伸ばしてきた。

摑まれたのは足首で、そのまま脛を掌でさわさわと撫でられる。

「いや、いいから」

「中まで綺麗にするのは大変だろう?」

「そういう露骨なこと言うなよっ」

「これは失礼した。オムツをしていた頃を知っていると、遠慮がなくなってしまっていけないいな」

「それこそ露骨だろ!」

まるで火の玉を撃ち込まれたみたいに、突然カーッと頭の中が熱くなる。

脛に絡む手を振り払って畳の上を走り、脱衣所に飛び込まずにはいられなかった。

一回りも年下で、しかも抱かれる立場で……どうしてこう、俺ばっかり恥ずかしい思いをさせられるんだか。

——けど、常盤が楽しそうでよかった。

外が明るくなっても、常盤が楽しそうで嬉しそうにしてるのを見ると、自分もなんとなく前向きになれる気がした。次を待つ悦びも、確かにあるわけだし……。

「——ん?」

よれよれになった緋襦袢を脱ごうとしたその時、俺は脱衣所の床の隅に何か落ちていることに気づいた。

黒い小さな巾着だ。

平べったくて、少し光沢がある。

(……落とし物か?)

蝶々結びの細い紐を指で摘まむと、想像以上に軽かった。絹製の上質な品で、同じ

↖